文春文庫

晩鐘

上

佐藤愛子

文藝春秋

晩鐘　上巻／目次

単行本　二〇一四年十二月　文藝春秋刊
（文庫化にあたり、上下二分冊とした）

晩鐘

上

第一章

梅津玄へ藤田杉の手紙

1

先生、畑中辰彦《はたなかたつひこ》が死にました。

今日の夕方、電話が鳴って、多恵《たえ》の声がいいました。

「パパ、死んだよ、今」

「そう」

と私はいい、それから「ご苦労さん」といいました。いってから、ご苦労さんはないだろうと思いました。それから多恵も多恵だ。パパ死んだよ、はないだろうと思いました。

それが畑中辰彦と私の間を流れた歳月の終り方でした。

ひと月ばかり前、辰彦のかみさんから（こういう呼び方はおかしいかもしれませんが、私は彼女の名前を知りませんし、かといって「奥さん」というのは、なんだかヘンな気持がするのです。私と多恵の間ではずっと「パパのかみさん」で通ってきています）多恵に電話がかかってきて、辰彦が入院していて容態が思わしくないということなので、多恵は様子を見に病院へ行き、その後ずっと通っていました。かみさんと私は面識はありません。多恵に電話をかけたのは彼女の判断なのか、辰彦の指図なのか、わかりません。

三年ばかり前に辰彦は心臓にバイパスをつける手術をしたということは、桑田《くわた》という辰彦の友達から聞いていましたから、今回もその延長だろうと思っていました。でも今度は心臓ではなく肺に異常があるということでした。

そんな簡単な報告を多恵から聞いて、私は、

「ふーん」

といいました。ほかにどんないい方があるのか、とっさに思いつきませんでした。パパは意外と元気だった、と多恵はいいました。辰彦は多恵に、

「ばあさん、元気かい？」

といったそうです。私は鼻先で、

「ふン」

といいました。

先生ならわかって下さると思って書きます。その時の私の気持は、――ばあさん！……馴れ馴れしくいってもらいたくない。

というようなものでした。「ばあさん」という呼び方は心許した者同士だからいえる呼び方じゃありませんか？　私たちはとっくに一線を画しているのです。それをいった彼は何と思っているのでしょう?!

こう書きながら私には先生のあの微苦笑が浮かんできます。

「杉《すぎ》さんは潔癖だねえ」

といわれる声が聞えました。それから私の顔をつくづく見て、

「しかし面白いね」

と仰言《おつしや》った。

あれは辰彦と別れて何年も経ってから、彼がひょっこりやって来た時のことです。茶の間の掘炬燵《ほりごたつ》の、かつて彼が夫だった時の居場所だった席、そこへ「今日は寒いねえ」といいながら当り前のように入るのを私はある感慨をもって見ていました。まるで何事もなかったように、何も感じないで、どうして遠慮なくそんなふうに出来るのか。やっぱりこの人は変ってる――。その時の気持は冷たいものではなく、懐かしさのようなものさえあって、私は鷹揚に「元気でしたか」といったのでした。何の用事があったのか思い出せませんが、お茶を淹《い》れてとりとめもなく話をしていました。そのうち、どちら

が動いたのか私の足と彼の足が触れました。反射的に私は足を引っ込めていました。いやなものをさわってしまった時のように。生理的な拒否感でした。けれども彼との会話は久しぶりに、やっぱり楽しいのでした。

そのことを先生に話した時です。先生は微苦笑して、

「杉さんは潔癖だねえ」

と仰言った。それから、独り言のように「しかし面白いね」といわれました。

ああ梅津《うめづ》先生。こうして書きながら胸がいっぱいです。私は先生の亡くなられた年を越えました。先生はもういらっしゃらない。その空白感が私を呆然とさせます。その感覚は先生が亡くなられた当座よりも年を追うて強まっていきます。私は先生に沢山の手紙を書きました。その都度、丁寧な感想や訓戒や時にはお褒めの言葉をいただきました。それで私は励まされ、慰められ、学びました。それらを読み返す以外に先生の言葉に触れることはもう出来ないのです。でも読み返すことはとても辛いのです。読めません。読まない代りにこうして書いています。返事をいただけない手紙を書きます。書いているとだんだんセンチメンタルになっていきます。それは多分、「過ぎ去った時」への懐旧の切なさだと思います。その中に先生はどっしりと坐っていらっしゃる。

「杉さんは正直だねえ……」

といわれたことがあります。

「先生の正直には及びません」

私はそう答えました。

「私だって嘘をつきます。私はただ正確が好きなんです」

先生はそれには答えず、

「そんなに正直だと生きにくいだろう」

といわれました。あの頃はわからなかった先生の大きな愛が今になってわかります。とり返しのつかない今になって、自分勝手に先生に甘えるだけだったことが、苦々しく思い出されます。


今、田代雪枝《たしろゆきえ》から電話がかかりました。女学校時代の友達が入院しているのでそのお見舞いに行こうという誘いです。見舞品は何がいいだろうというので、あの人なら品物よりもお金がいいんじゃないかと答えました。雪枝はお金は失礼じゃないの、金持ちなんだからといいました。金持ちでもお金が好きな人がいる、と私は答えました。お金が好きだから金持ちになるのよ、というと、雪枝はひどく感心しました。

電話を切りかけて、気がついていいました。

「雪ちゃん、あなたの好きな畑中辰彦は死んだわ」

「えーっ！」と雪枝は叫んで、「いつ？」と訊く。

「今日よ」

「今日！」

雪枝は興奮して、

「お杉さん、あんたっていったい、どういう人！」

と叫びました。そんな重大なことを電話を切りかけた時にいうなんて、と非難しました。お葬式はいつ？　といわれても私にはわからないのです。行くの？　行かないの？　とたたみ込まれて、行かないというと、

「そうなの、そういうものなの……」

と喧嘩腰になりました。そして畑中辰彦はいかに「いい人」だったか、綺麗な心を持っていたか、お杉はいろんな目に遭わされてきたから私らの辰彦を見る目に予断が入ったのは仕方がないかもしれないけれど、今となってはお杉も作家の端くれならもっと冷静に、それこそお杉の好きな「正確」に理解するべきではないかというのでした。

正確に理解？　と私は思いました。では雪枝は辰彦をどう理解したっていうの？

「いい人」って何？　畑中辰彦は弱い人困っている人に親切で優しい。身ゼニを切ってでも人に尽す。確かにそういう面はありました。でもそれは一面に過ぎない。けれども困っている時に親切にしてもらった人はそれだけで「いい人」だと決めるものです。人はみな自分流にわかったつもりでいてそれですましているけれど、それだけで理解したつもりになるのはおこがましい、ということに気がついてほしいと私は思う。人が人を理解するなんて、そうた易いことではない筈です。だって私たちは自分でも自分をわか

ってはいないのですから。

畑中辰彦はどういう人間だったのか、夫婦でいたのは十五年、その前の文学仲間であった年月は六年、夫婦でなくなってからのつき合い（好むと好まざるとにかかわらずつき合わざるを得なかった）は……何年かしら？　とにかく三十年近い密接なつき合いでも彼という人間はわからぬまま。それどころか、ますますわからない人になって死にました。

彼にとってこの私がどういう存在だったのか。彼が私に科した苦闘の歳月、あれは何だったのか、そのことを彼はどう思っていたのか、何も私にはわからないのです。わからなくても一向にかまわないような気持の時と、そうでない時があります。そうでない時に私は先生に手紙を書きたいと思うのかもしれません。

2

小学生の時、畑中辰彦は友達から「ピョコタン」と呼ばれていた。彼は四歳の時、突然原因不明の熱に冒されて入院した。一週間ほど入院して戻ってきた後、無闇に左足の痛みを訴え、すぐ転んだ。歩こうとして一歩前に踏み出す時、左肩が下って身体がかしぐ。左足のアキレス腱が縮んで踵《かかと》が地に着かない。それで「ピョコタン」だった。

彼の父は畑中清造《せいぞう》といって、実業界で名の通った成功者だったので、費用に頓着なく息子の左足を治療するためのあらゆる手段が講じられた。その結果、左脚の成長を促してアキレス腱を伸ばすこと、それには毎日欠かさずマッサージをする以外に何の方法もないことがわかった。

辰彦の母志乃《しの》はそれまでかかっていた大学病院の整形外科所属の有能なマッサージ師を退職させ、畑中家に近い志乃名義の家作の一つに住まわせて、お抱えマッサージ師にすることを思いついた。マッサージ師は森健郎《もりたけろう》といい、大学時代に左眼を失明し右眼は辛うじて視力を保っている。失明さえしなければ何らかの分野で頭角を現すだろうと人に思わせるような、聡明そうな白い広い額と美しい鼻梁をもった、育ちのよさを感じさせる三十前の男だった。

志乃の思いつきは直ちに実行された。家を与えられた彼は、失明する前からの恋人美《み》奈子《なこ》と結婚した。彼には「マシュマロのような」という妻を歌った詩がある。実際に彼女はマシュマロのようにすべすべと柔らかな肌の、愛くるしい女だった。彼女は森健郎との結婚を七年待った。完全失明を怖れて結婚をためらう彼を、ただ黙って待っていたのだ。

森は一日に二回、辰彦の左脚の治療をしにやって来た。アキレス腱を引っ張る時は力を籠めるので、辰彦は痛がって泣いた。太腿から下の長いマッサージの後、足の力を強くするため悪い方の片足でケンケンをする。イチ、ニイ、サン、シイ、森は悪い眼をじっと凝らして大声で数える。百までが一応の目安になっているが、出来れば百五十から二百まで跳べるようにしたい。百十五、百十六……と森は数えるが、やがて気がつく。辰彦はいつの間にかケンケンの足を左から右脚に替えている。
「こら、インチキボーイ！　ごま化してはいかん！」
森は怒鳴って、笑っていた。
アキレス腱を引っぱりながら強いマッサージをする時、森は外国の童話や昔話をした。種が尽きると自分で作ったお話をした。辰彦は「今のは先生が作ったんだね、面白かねえもん」といった。
幼稚園から小学校、中学校へと辰彦が成長するにつれて森の話は変化した。
「星泣きぬ、ばら色に、汝《な》が耳の、奥の奥
無窮まろびぬ白妙に、汝が首《うなじ》より臀《いしき》かけ
朱《あ》け真珠《まだま》海の置けるよ、茜さす汝が胸に、
かくてこそ男たち、黒々と血をしたたらす
たぐいなき汝がわき腹に」
森は気持を籠めてランボオを吟じ、
「どうだい、わかったかい？　いや感じたかい」
といった。
「わかろうとする必要はないんだよ。感じるものがあればいい。大事なのはそれだけだよ」

森の文学の知識は高校から大学の初期、まだ両の眼が健康だった頃に吸収したものだった。彼の好奇心や知識欲はそこで止った。彼は感傷的なロマンチストだったが、そんな性情も半ば失明という現実の片隅に止ったままだった。堀口大学《ほりぐちだいがく》の訳詩の感傷は人を酔わせる、と彼はいった。

何が何やらわからぬままに、辰彦はケンケンをしながらランボオやフランソワ・ヴィヨンの詩を憶えた。

「時は今、一千四百五十六年
わたしフランソワ・ヴィヨン、学生です。
歯をきりりと嚙み、気をしゃんと引き立たせ
心しっかり落ち着けてさて考えるには
自分のしたことをよくよく思い返さねばならぬ……」

辰彦が暗誦すると、志乃は、

「なんだい、それは」

といった。森先生に教わったんだと答えると、そんなことより早く足を治してほしいねえ、といった。辰彦の足は遅々として回復しなかったのである。

志乃は辰彦のために普通の靴よりも何倍も高価につく特別製の靴をあつらえた。その靴の左は、辰彦の縮んだアキレス腱のために短くなった足の、浮いている踵と地面との距離を埋める厚みがあって、だがそれほど重くはないという優れものだった。それを履

いて歩くとほんの少し左足を引き摺る程度でもうピョコタンではなかった。だが辰彦にとっては、どんな靴を履こうとも自分はやっぱりピョコタンだった。志乃は何かにつけていった。

「お前は足が悪いんだから、それだけ人より余計に勉強しなくちゃいけないんだよ。足は悪いけど頭はいいっていわれるくらいにならなくちゃ」

辰彦は黙ってそれを聞いた。彼の学校の成績は悪かった。彼は学校が嫌いだった。勉強も嫌いだった。人より劣っているんだからその分だけでも努力しなければいけないというのは正しいと思う。だがそう思うだけで何も出来なかった。一歳上の兄の伸介《しんすけ》は勉強のよく出来る真面目で気の優しい少年だった。辰彦が母の前に引き据えられて「何度教えたらわかるの！」という金切声の下で、泣きながら鉛筆をなめている後を、伸介はいたたまれない気持で歩き廻っていた。志乃がプリプリしながらちょっと席を外した隙《すき》に、伸介は急いで答を教えようとした。だが辰彦は、いつも、

「いいよ！」

といって肘を張った。

辰彦にとって一年のうちで最悪の日は学校の運動会だった。森先生はいった。

「一番偉いのは一所懸命に走った人、その人だ。一等が偉いんじゃないよ」

駈けっこでいつもビリだから運動会がいやなのではない。衆人環視の中で走ることがいやなのだ。

仲介はたいてい二等か三等だった。先頭切って走っていると何だか不安になってふり返ってしまうんだ、といった。その間《ま》に追い抜かれてしまうのだ。志乃はそんな仲介を、

「お兄ちゃんは気が優しいからねえ」

といった。妹の富子《とみこ》は四等だった。

「何だい、四等でえばってるのか」

「はじめは五等だったんだけど、頑張ってゴール前で安田《やすだ》さんを抜いたのよ」

「三等以下は五十歩百歩だ」

と仲介は長男風を吹かせる。富子は辰彦を見ていった。

「辰彦ちゃんなんて、もうみんな決勝点に入ってしまったのにまだ一人で走ってるんだもん」

富子は仲介を「お兄ちゃん」と呼ぶが、三つ上の辰彦のことは「辰彦ちゃん」という。

「なんでィ……なんでィ……」

辰彦は真赤になって口籠った。

「お前だって……お前なんか……」

後の言葉が見つからなかった。

中学校の入学試験が近づいてくると志乃は自動車に辰彦と風呂敷包みを幾つか乗せた。これから母がしようとしていることを辰彦はもう知っている。母が考えていることは、この子は片輪なんだから、親として出来るだけのことをしてやらなくてはいけない、と

いうことだ。志乃は駆け引や如才なく立廻ることや目的をやり通す自分の力に自信を持っていた。中学校の有力者や校長の前で志乃がする愛想笑いや彼の左足についてくどくどと説明する声を、辰彦は自分の罪の重さにうなだれる犯人のように俯《うつむ》いて怺《こら》えた。志乃は自分の言葉を実証しようとして、「歩いて、お見せしてごらん」と辰彦に命令した。ぐずぐずしている辰彦の尻を母の人指し指がグイッと突いた。彼はいわれるままに立ち上って歩いた。

そうして辰彦は母が希望した中学校に入学した。

「さあ、いよいよ入学祝いだわ。苦労して入ったんだから盛大にやらなくちゃ」

と志乃はいった。

辰彦の特別誂《あつら》えの靴が彼の左脚を甘やかし、そのためにアキレス腱は伸びようとしない。筋肉が柔軟性を保っていた時期が過ぎると、辰彦の左の踵は地面から浮き上ったまま固定してしまった。

――ぼくだけが一所懸命にやったって、本人に治そうという意志がなければ駄目だ。母親も父親も金は出すけど他人《ひと》委《まか》せだからなあ。

森は妻にいった。それでも森は欠かさず日に一度は畑中家に顔を出した。辰彦の学校からの帰宅時間が不確かになり、代りに志乃が肩や腰の凝りを揉みほぐしてもらう。辰彦の治療は三日に一度、時には週一度になったりした。

「知識よりも大事なのは感性だよ。勉強よりも詩や小説を読んで感性を磨けばいいのさ」

森はアキレス腱を伸ばすことよりも、詩や小説について蘊蓄《うんちく》を傾けることが目的のようになっていった。彼は夜中、机に向って小説を書いた。虫眼鏡を片手に原稿用紙に顔をくっつけるようにして書く姿を、マシュマロの妻はいたましそうに見ていた。

「俺は小説なんか書くべきじゃないんだろうな、多分」

彼は独り言のように妻にいった。

「けどなぜだろう、眼を患ってから小説が書きたくなったんだ。多分、不幸の自覚が俺にそうさせたんだろうな。だからねえ、辰べえもそのうち、書くようになるんじゃないか……そうなればいいと思ってるんだよ、俺は」

しかし彼は不幸なんかではなかった。マシュマロの妻の愛がある限り幸福だった。彼女は結婚をためらう森を七年も待ったのだ。そのことを彼は何度も口にした。愛を信じることが出来ればそれだけで幸せになるんだよ、と。そんな時、妻は風邪をこじらせて何日か床に就き、治ったりぶり返したりをくり返しているうちに突然喀血《かっけつ》した。森は見えない眼を一心に見開いて妻の看病をし、食事を作った。気持ばかりあせって、一日に一度はどこかをぶつけたり、切ったりした。そして二月初めの雪雲に閉された暗い朝、マシュマロの妻は死んだ。

3

梅津玄へ藤田杉の手紙

今朝の新聞で「元夫の死」という読者の投稿が目に止りました。

「出先で離婚した夫の死を知った。体の中からぐっと突き上げるようなショックを受けた。一人になると涙も声も止まらなかった。我ながら驚き、自問した。なぜ泣くの？30年も前の人ではないか。普段は涙も出ない女のくせに」

「五十八歳、公務員」とありました。「普段は涙も出ない女のくせに」のところを読み返し、これが普通なんだ、と思いました。

畑中辰彦が死んだという事実を、あれ以来私は何度か思います。彼はもういない――そう思っては耳を澄ますような感じで自分の胸のうちに注意を凝らします。何か小波《さざなみ》のようなもの、羽虫の唸《うな》りのような動きでも起るかと待ちます。

でも私の胸はいつも静かで、まるで凪《なぎ》の海の写真でも見るような……ぺったりと平《たいら》です。そんな自分の心に私は憮然となります。

何も思い出さないのです。残っていないのです。蘇ってくるものなど何もない。懐かしさとか気の毒とか、後悔、憐れみも怒りも何もありません。人生というものへの詠嘆さえもないのです。私の中で畑中辰彦はもうとっくに死んでいた——そういうことなのだろうと思います。一人の人間が存在していたという事実は死によって霧散してしまうものではない。死者は体はなくなっても生者の思い出の中に何らかの記憶と共に生きているものだと、かつて私は思っていましたが、いつ頃からか、辰彦は生きているうちから私の中で消えてしまっていたのです。消してしまおうと意識したわけではありませんのに、いつの間にか夕暮の影法師のように薄らいで、消えていました。

辰彦の死が知人との話題に出ると、私はこんなふうにいっています。

「病名は……さあ、何なのか、よく知らないんですよ。肺が壊死してたってことくらいしか。何日くらい入院していたのか、それもよく知らないんです。娘が行くようになってから一週間くらいで駄目になったんじゃなかったかしら……」

それからいつも「気に入りの話」をする時のように、少し弾んでいいます。

「見舞いに来た人がね、どこか行きたいところがあるか、って訊いたんですって。そうしたら『ひろば』って答えたのね。それでどこの広場だろうって、皆でいろいろ考えたんですって。そうしたらねえ、『ひろば』っていう名前のねえ、パチンコ屋だったのよ……」

辰彦を知っている人は、皆笑います。

「最後の最後まで畑中辰彦を貫いたのよ、彼は」

と私はいいます。面白そうに。ほんとうに面白いと思うのです。私はこういう類《たぐい》の話が好きです。人が笑うのが楽しいのです。そんなふうにして笑いを誘って、耐え難い現実をいなしてきました。ハラワタが煮えくり返るような（また人一倍、煮えくり返り易い私です）思いをさせられたことも、戯画化して語るとそれはそれで納まってしまうのです。だから人は私のことを楽天家だと思っています。

多恵は辰彦の病室で初めて「パパのかみさん」と会ったわけです。クラブのママをしていただけあって、どこか垢抜けたところがある、といいました。

「若い時は美人だったかもしれないけれど、今はただのおばさんだよ」

「苦労させられただろうからねえ、容色だって衰えるよ」

と私はいいました。私は彼女に対して何の怨みがましさも嫉妬めいた感情も、いわんや憎しみや怒りなど全くないのでした。むしろ、時々ですが、気の毒に思うことがありました。「私の身代りになって」というような。

多恵は病室へ行く度に彼女から愚痴を聞かされているようでした。クラブのママだった彼女はミンクのコートやらダイヤの指輪やら、ママとしての必需品を取り揃えていました。マンションも小綺麗な外観がウリのマンションだったといいます。

それらを辰彦のために根こそぎ失ってしまったこと。いくら働いて下さいといっても何もしないで、パチンコやマージャンばかりしていたこと、こんな狭い部屋では息が詰って書けないというので、知り合いの山荘に行かせてもらうようにお膳立てをして見送ったのだけど、結局、何もせずに三日で帰ってきたこと……。次から次からいわれても、なんていえばいいのか返事に困る、と多恵は私に訴えるのでした。私にはかみさんの気持はよくわかります。相手かまわず愚痴をいいたい気持が。彼女の一番の理解者は私だろうと思うくらい。多恵はいいます。

「わたしの父親のことだからねえ……。それはたいへんでしたねえ、というのも白々しいし、ごめんなさいという気もしないし」と。

もっともな話なので私は笑ってしまいます。笑ってる場合じゃないでしょ、と怒りながらやっぱり多恵も笑ってしまいます。私たち親娘はこんなふうにして、妻として娘として耐え難いことを「面白おかしい話」にして、畑中辰彦とつき合ってきたのです。

そんなかみさんの声はベッドの辰彦の耳に入ってるんじゃないのと私はいいましたが、多恵は大丈夫、意識がないんだから、といいました。よしんば聞こえていたとしても何とも思わないわよ、パパは。というのでした。

私は多恵とかみさん（その顔姿《すがた》はわからないけれど）が十姉妹《じゅうしまつ》のように小椅子に並んで、絶え間ないおしゃべりを交している様子を想像して、ある種の感慨を催します。昔風にいうとかみさんは多恵の父親を奪ったカタキであり、かみさんにとっては多恵は顔向け出来ない相手という設定になります。でも現実は多恵はかみさんの「愚痴の聞き役」になっているのです。もしかしたらかみさんは多恵に会うのを楽しみにしているのかもしれません。

辰彦が息を引き取る時も、彼女は十姉妹のようにおしゃべりをつづけ、多恵はそれを聞いていたらしいのです。

その時、慌ただしい足音がして、お医者さんとナースが入ってきたそうです。医局に設置されているモニターに異変が生じたことにお医者が気づいたのです。びっくりして二人は立ち上り、かみさんは辰彦に取り縋《すが》り、

「先生、先生！」

と辰彦を呼んだといいます。そう聞いた時私は「へえ、先生？」と思いました。いったい何の「先生」？　と。ふいに起った意地悪な気持でした。多恵はぼんやり立っていただけのようでした。そうしてお医者さんの声で辰彦の息が絶えたことを知った、ということでした。

4

杉と辰彦が出会ったのは、文学同人雑誌「文芸キャピタル」の同人会である。辰彦は彼を文学の途に誘い込んだ森健郎に連れられ、杉は古本屋の店頭で月遅れの「文芸キャピタル」を手に取ったのがきっかけで、月に一度の会合に顔を出すようになった。

辰彦は大学を出て大手新聞社に就職したばかりの、痩せて色の白いありふれた青年だった。キャピタルの同人に天野悟一《あまのごいち》という無職の青年がいて、キャピタル内に小さなグ

ループを作ろうと考えて何人かに声をかけた。その中に森健郎と辰彦、そして杉がいた。

ある日の同人会での帰途、杉が一人で駅へ向って歩いていると、後ろから来た天野に声をかけられた。

「藤田《ふじた》さんは何か仕事についてるんですか？」

「いえ、何も……」

答えると、天野はそれなら暇ですね、といい、我々の集りに加わらないか、今のところメンバーはこれだけだけど、といって後ろをふり返った。数歩遅れて森と二人の青年が近づいて来ていた。森の眼が悪いことはすぐわかったが、辰彦が左足を引きずっていることには気がつかなかった。

駅に近いコーヒー店に入って、改めて自己紹介し合った。

「藤田さんは独身なの？」

と森が単刀直入に訊いたので杉はすぐ、

「出戻りです」

と答えた。

「では親元にいるってこと？」

「ええ、母の瘦せ脛《すね》を齧《かじ》ってます」

「そいつはいい」

森がいうと、

「いいなあ、俺にもそんな痩せ脛があればなあ」

と庄田宗太《しょうだそうた》と名乗った青年がいった。何となく皆で笑い声を上げ、坐は和んだ。

その小さなグループに森は「ロマンの残党」という名をつけた。杉にはその意味がわからなかった。杉は婚家先を出た後、出来ることが何もないので小説でも書こうかという気になった程度の、文学少女ともいえない格好だけの作家志望にすぎなかった。森は文芸キャピタルの傾向を古くさいと批判し、我々は新しい文学を目指そうと情熱的に語った。杉は新しい文学とはどういうものかわからなかった。文芸キャピタルのどこが古色蒼然としているのかもわからなかった。ただ黙って森や天野たちがしゃべるのを聞いていた。

その日、杉と辰彦は言葉を交さなかった。辰彦のズボンの尻のところにアイロンの型そのままの焼焦げが黒々とついていることが杉の注意を惹いた。敗戦の余燼《よじん》がまだところどころに残っている頃で、男も女も身なりをかまわない時代ではあったが、それでもそのズボンは人目を惹いた。その日から「ロマンの残党」は月一度の文芸キャピタルの会合の後、渋谷に出てクラシックの音楽を聞かせる喫茶店へ行き、コーヒー一杯で何ということもない時間を夜更けまで過すのが恒例になったのである。

杉が寄食している母のぶの家は、路面電車が暢気《のんき》に走っている玉川線の、真中《まなか》停留所から北に向って暫く歩き、桜並木がと絶えたあたりで急に道幅が狭くなって、養鶏所や雑木林や野菜畑に囲まれた古い住宅地の一画にさしかかる。日が暮れると人通りは絶え、集落のまわりは麦畑だった。

月の好い夏の夜、キャピタルの同人会の帰りに天野がいい出して、「ロマンの残党」のメンバーが月見がてら杉を家まで送った。森の視力を助けるためにどんな時でも辰彦は森の傍についていた。特に夜道を歩く時は腕を組んでいた。養鶏所の横を通る時、必ず吠え立てる番犬がいる。その時も浮かれた人声にけたたましく犬が吠えた。

「なんだ、辰べえ。ビクッとしたぞ、そんなに犬が怖いのか」

「怖かないよ。いきなりだから驚いただけだよ」

「ビクビクが腕に伝わってくるぞ」

森と辰彦の会話が耳に入り、なんなの、犬にビクつくなんて、と杉は思った。その頃の辰彦についての杉の印象は「ズボンのコゲ跡」と「犬にビクついた」の二つだったのである。

何日か経った日の夕刻、玄関のチャイムが鳴って、杉が出ると辰彦が立っていた。

「すみません」

と彼はいった。

「十円、貸してくれませんか……」

新聞社の学芸部にいる辰彦は、連載小説の担当記者として、作家の原稿を挿絵画家に届け、出来ている挿絵を受け取ってくるのが仕事だった。挿絵を描いている向井《むかい》良光《よしみつ》画伯の邸は、杉の家から麦畑を経た高台にある。辰彦は用をすませて社へ帰ろうとして電車賃がないことに気がついたといった。名月の夜、皆で杉を送ってきた時の道順を思い出しながら、養鶏所を目指して来たのである。

「十円でいいの？」

笑いながら杉はいった。

「ええ、十円でいいんです。玉電の切符が買えれば、後は定期があります」

杉が十円を取りに茶の間へ行くと、のぶは話を聞いて呆れ返った。

「驚いたねえ。たった十円、借りに来たのかい」

杉は「ハイ」といって辰彦に十円玉を渡した。

「すみません」

頭を下げて辰彦は帰って行った。杉はその時、初めて辰彦の左足に気がついたのだった。茶の間に戻るとのぶは、帰ったのかいといい、改めて、

「変った男だねえ」

つくづくいった。

それまで辰彦は女性に対する気遅れがあって杉に直接話しかけたことはなかった。だが十円の借金で彼は一気にそれを飛び越えた。十円玉を手渡した時の杉の、さばさばしたこだわりのない、むしろ面白がっているような様子が辰彦をくつろがせたのだった。

杉は二十七歳で辰彦は五歳下だった。思春期からこの方、辰彦は若い女とは全く無縁

に過してきた。三つ下の妹の富子だけが彼が親しんだ唯一の若い女だった。富子以外に辰彦が知っている女は、新宿二丁目で身体を売っている年もわからず顔も憶えていない女の二人か三人だった。

辰彦にも無論、女に憧れた時期があった。だが彼はそんな自分を封じ込めた。片想いほどの恋も封じ込めた。その代り彼は小説を書いた。ただ一度、道で行きずりに出会った少女との恋を、彼の内部で育てた。少女の顔も声も姿も、実際に彼女がいたということさえ朧《おぼ》ろなままに、少女は育ち、彼の恋人になり、彼を無邪気に理解し、彼女なりに愛した。

「彼女なりに」という言葉は、その小説の中で何度か出てくる。その言葉は彼の自信のなさと不安によって醸成された苛《い》ら立ちだった。彼女が未熟なのではない。それは彼自身の問題だった。この恋愛によって変り得るかと自分に期待していた彼は、却って自信のなさの中にもぐり込んでしまうという結果になっていく。会えば重苦しい沈黙が訪れる。

「解らなくちゃいけないかしら」

と彼女が呟《つぶや》いたとき、彼はこういう。

「解らなくたって、いいんだよ」

――ぼくが見たのはぼくのために不幸な恋人の顔だった……。

小説はそこから彼の絶望的な心象の深みへ降りて行こうとして、筆はそこで止っていた。

十円玉の貸し借りは辰彦には冒険だった。杉の女らしくない性向が恃《たの》みだった。冒険は成功し、杉と辰彦は親しくなった。彼は天野や庄田と同じように、気らくに杉をからかったりふざけたりすることが出来た。左脚の跛を目立たぬようにする努力をする必要ももうなかった。

「とにかくあの人は、初めて訪ねてきた時に十円貸してくれといったんだからねえ」

杉の母は後々までそういった。それはまさしく畑中辰彦という男を象徴しているとのぶはいうのであった。

「ロマンの残党」にはある共通した気質があった。反世俗といえば聞えはいいが、いわゆる世間常識というものを無視する点で一致していた。当然のこととして家族から顰蹙《ひんしゆく》され匙を投げられていたが、彼らはいささかも頓着しなかった。

「あの連中のいうことは多分正しいんだよ」

と天野はいった。

「しかし俺はこうなんだからしょうがないんだ。多分、正しくないんだろうけどしょうがないんだよ」

天野は杉より二歳下で無職だった。職がないというよりも職につく意志がなかった。彼の父は早逝し、母と姉夫婦の四人暮しで、父が遺した持家に住んで僅かな貯金を大事に遣いながら母は呉服物の仕立をし、区役所に勤める姉の夫の給料で質素に暮す一家だった。

彼は旧制中学を出た後、土建会社で見習いのようなことをしながら建築関係の資格を取った。だがある日突然、いやになって会社を辞めた。何がいやなのか、説明を求められてもいえなかった。あえていうとしたら自由でいたいということになる。だがこの現実社会ではそんないい分は怠け者の世迷い言であるから、彼はただニヤニヤして黙っていて、相手を怒らせた。セルロイドの黒縁の眼鏡をかけた平べったい丸い顔に、広がった鼻と大きめの口が調和していて、いつも人なつこくニコニコ笑っているのが親しみ易い。母や姉がムキになって小言をいうのを、彼はニヤニヤしてやり過していた。文芸キャピタルに入って何年も経つが、いまだに小説を書いてきたことは一度もなかった。彼の口癖は「人生、こういう時もあるさ」だった。

働かずに家族に寄食している天野はいつも暇だった。今日の暇をどうして埋めようかと考えているうちに眠気がきて、昼前だというのに眠ってしまう。目が覚めるとのそのそと起きて外へ出る。彼には一文の収入もなく、母や姉が小遣いの心配までしてくれるわけがないので、そのまま歩き出す。金がなければ歩けばいいんだと彼はいっている。彼の住んでいる緑が丘からは田園調布の辰彦の家が一番近い。だが辰彦は休日以外は新聞社へ行っている。次に近いのは杉の家だった。近いといっても普通なら電車とバスを乗り継いで行く。だが別に急な用事があるわけでもないから、彼はゆっくり歩く。靴は見事にすり減って足の裏が直接地面に着いているのではないかと思わせるほどだった(その靴を杉は煎餅靴と呼んだ)。彼は年中風邪をひいていて、歩きながら電柱のビラを剝がして鼻水を拭いた。

「貧乏くさいのが妙に板についてる男だねえ」

とのぶは感心した。眼鏡のツルが壊れたのでしで紐《ひも》をツルの代りにして耳に掛けている。そんなこだわりのない、なにごとにも恬淡《てんたん》とした様子がのぶには気に入っていた。のぶは杉の亡父が造った新劇の一座の女優だったことがある。のぶは金のない演劇青年や役者くずれを見馴れていたのだ。

庄田宗太は中央区の保健所の小使いだった。用務員などという呼び方は俺が嫌いだ。小使いでいいんだといっていた。彼は作家になるためにあえて小使いという職を選んだのである。勤め人になれば拘束される。夢を目指す者はブルーカラーでいるべきだというのが小使いをしている論拠だった。彼は小使室の真中に蜜柑箱を置いて、それを机代りに勤務中でも小説を書いていた。

「庄田さん、階段の掃除してないじゃないの」

看護婦にいわれると、箒をほうり投げて、

「気になるのならお前がやれよ!」

といった。きまりの作業衣に色目もわからなくなったハンチングをかぶり、ゴム草履をベタベタと引きずって歩く彼は風に吹かれる奴凧のような、どこかとりとめのない感じが漂っている。よく見ると色白の細面で鼻筋がすっきりと長く、品のいい知的な顔立ちなのだが、目の動きが投げやりでものいいにも独特のぞんざいさがあって、それは彼のこれまでの生きざまと関係しているかのようだった。彼は保健所の公務員としての給料を得ていたが、給料は手にした途端に右から左へと消え、いつも金に不自由していた。のぶは「ロマンの残党」のメンバーをこう批評した。

「まったく、類をもって集るとはよくいったものだね」

「ロマンの残党」では一度総会をしようということになった。いい出したのは森で場所は辰彦の家と決った。杉は天野から渡された地図を見ながら田園調布の駅を出た。坂を上ったり下ったり、また上ったりして行くと、家並はだんだん緑の濃い宏壮住宅になっていって、漸《ようや》く見つけた畑中家は石垣を廻らした広い前庭の繁みの奥に文字通り聳《そび》え立っている邸宅だった。正面に石の大門があり、石垣に添って少し行くと「畑中勝手口」と小さな立札が立っていて、内玄関に通じる小径に出た。そこを進んで磨き抜かれた格子戸の前に立つと、待っていたように二十《はたち》ばかりの女中が出て来て二階へ案内された。階段を上ったところから廊下が左右に分れていて、右の方にドアが三つ並んでいる。そのとっかかりのドアの中から、森の大きな笑い声が聞えてきた。そこが辰彦の部屋だった。

辰彦はベッドの上にあぐらをかいていた。杉を見て、

「やあ、いらっしゃい」

といった。そのベッドの裾に天野が腰をかけ、庄田はいつものハンチングをかぶったまま丸いスツールに跨《また》がっていた。森は書き物机の前の椅子にいた。杉のためにたった一つの肘かけ椅子が空けてあった。いわれるままに杉はそこに坐った。

南と東に開かれた大きな窓から、鮮やかな緑の広がりが目に飛び込んできた。広々とした芝生の青さにつづく樹々の濃みどりの重なりはあくまで重厚で、その向うはどうなっているのか見当もつかない。

壁に縦長の古びた羊皮紙が懸っていて見馴れぬ横文字がうっすら見えるのを、庄田がこれは何だ、と訊いていた。グレゴリオ聖歌だっていうんだけどね、と辰彦はいった。何世紀の物だい、と天野が訊くとあっさり、知らねえといった。

「親父の書棚に丸めてあったのを勝手に持ってきたものだから、親父に訊くわけにいかないんだよ」

値うち物なんだろうな、と天野がいい、庄田が売るか？　といった。「買う奴いるかい」と辰彦はいった。辰彦は金持ちの息子だったのだ。杉は初めてそれを知った。

5

梅津玄へ藤田杉の手紙

梅津先生。

今日、田代雪枝が訪ねて来ました。玄関に入るなり、

「杉ちゃん！」

と私に駆け寄って、

「大丈夫？　ホントに大丈夫？」

というので、私はついムッとして、

「なにが？　どうしたのよ……」

といってしまいました。雪枝と会うのは半年ぶりです。雪枝の大きな、白い平《たいら》な顔、
先生もご存知のあの、見るからに人の好い垂れ加減の眼が善意に溢れて気遣わしげに私
の表情を追う。それが私には気に入らないのです。

「なにがって……お杉ちゃん」

雪枝はいいます。

「わたし、ずーっと心配してたんよう……」

と、時々語尾に故郷の訛《なまり》が出ます。

「何の心配？」といいたくなる自分を抑え、

「雪枝とは違うのよ、わたしは。そんな好い人じゃないの」

といいました。雪枝が田代さんと死に別れた時、いつまでも泣いて胸にポッカリ空洞が出来て埋めようがない、どないしたらいいの、ああどないしよう、と泣き縋るので私は閉口した、という話を先生にしたことがありました。先生は一言、「彼女らしいね」とお笑いになりました。先生は雪枝のことをいいも悪いも「女そのもの」だといっておられました。私とは対極にいる人だといいますと、たしなめるようにいわれた。杉さん、あなたもやっぱり女なんだよ、と。時々そのことを思い出します。

雪枝は田代さんが外科の勤務医だった時に見合をし、アブラっぽい男だといって嫌っていました。田代さんは見合の席で顎のニキビをまさぐりながら、おかしくもない冗談をいって独りで笑っていた。磊落《らいらく》な人です、と仲人はいったけど、鈍感としか思えないと雪枝はいい、それでも結婚したのですが、田代さんのことをアブラ男と呼んでいました。

結婚して三月《みつき》ほどした頃、雪枝はこういうようになっていました。それでもねえ、この頃、湯上りにお酒飲んで、瞼《まぶた》がほんのり赧《あか》らんでるのを見たら、ちょっとくらいマシかなあ、と思うのよ、と。そしていつの間にかアブラ男といわなくなっていました。

それからアブラ男は着実に昇進していき、やがて独立して外科医院を開業し、更に病院へと規模を広げるに従って女出入が酷くなり、雪枝が愚痴と涙に明け暮れている最中《さなか》にある日突然倒れて、そのまま息絶えたのです。

「いっそ死んでくれた方がらくになる、と思ったこと、何べんもあったのに……」

と雪枝は泣きました。雪枝の胸に穿《うが》たれた空洞は、猜疑心ややきもちや口惜しさの焔《ほむら》が抜け出てしまって出来たものでしょう。

「情念が消失した後、背中合せに隠れていた『愛』が残ったのだろう。多分、女とはそういうものなのだろう」

当時のメモに私はそんなことを書いています。その時の私はまるで自分だけは「そんな女じゃない」というような気分でした。そんな自分が気に入ったりしていたのです。

ひとしきり辰彦の悔みをいった後、雪枝は、

「けど杉ちゃん、あの頃、あんたは辰彦さんのこと、好きやったわねえ、尊敬してたわねえ」

と感慨深げにいいました。反射的に私は、

「好きだったのはあんたでしょ。尊敬してたのも雪枝でしょ」

といってのけましたが、その後で、ああそうだった、と思ったのでした。確かに私は辰彦を尊敬していました。信頼もしていました。辰彦のいうことはすべて正しいと思っていました。私の未熟な小説が仲間うちで散々悪評に晒《さら》されても、辰彦が「いいとこ

ろ」を見つけてくれて、だから悪くないよ、といってくれるとそれで満足していました。けなす方がダメなんだと思っていました。「ロマンの残党」がメンバーを増やして、新しい同人誌を起ち上げようと辰彦がいい出した時、忽《たちま》ち十人近い人が集ったのを辰彦の力と人格が認められている証拠のように思ったものでした。

彼はその頃、自信に満ちていました。その自信が何からきたものか、その頃の私にはわかりませんでしたが。初期の彼の小説は足へのコンプレックスと孤独がテーマになっていました。今から思うとそれらは多分に感傷的で、だから雪枝や私は素直に感動したのだったと思います。「跛」というどうにもならぬ事実、それは私や雪枝を圧倒しました。私たちは自分の足が健常であるということだけで、辰彦に引け目を感じたりしたものです。辰彦は「耐えている人」でした。「自分と闘っている人」でもありました。私たちとは違う、何か別格の人物のようでした。跛という負の現実に鍛えられた精神の輝きが彼にはある、という雪枝の感想に私も同感でした。

ある時、先生は仰言《おつしや》いました。

「畑中君には文体があるね」

それは私に向って、「文体がない」といわれた後の言葉でした。「しかし」と先生はつけ加えられましたが、その後、それきり何もいわれませんでした。

しかし？……何ですか？

今、私はそうお訊ねしたい。先生がその後をいうのをやめられたのは、畑中への遠慮でしょうか？　いや、先生は私たち弟子に遠慮するような方ではありません。あるいは先生は畑中辰彦の中にある断乎とした自信、「自尊心の根っこ」を感じ取られたのではなかったか……。無力感のようなもの、いっても無駄という感覚を持たれたのではなかったか……ずっと後になって私はそう思うようになりました。

でもその時の私はただ、「辰彦は褒められた」と羨ましく思っただけでした。

時々先生は苦笑いのように見える微笑を私に向けて仰言いました。

「杉さんは全く、素直な人だねえ……」

それまで一度だって誰からも素直だなんていわれたことのない私ですから、怪訝《けげん》に思ったのでしたが、今になってわかるような気がします。畑中辰彦を盲目的に信頼して愛し尊敬している藤田杉を、多分先生は嗟嘆しておられたのでしょう。

6

森健郎はマシュマロの妻が死去して間もなく、ぬいという女を後妻に迎えた。ぬいは色の浅黒い生真面目な女で、不愛想なのは生真面目のせいだったのだろうが、とにかく面白みも優しさもない女だった。ぬいは地方で小学校の教員をしていたことがある。教員になったのは自分の意志ではなく、親の奨めによるものだった。親はぬいの不器量を心配して、自立の道をつけさせたかったのだ。でも頭はとてもよろしいのですよ。それはもう、子供の時から勉強が好きで好きで……と仲人がいった。森は、どんな人だっていいんです、と投げやりにいった。

「ぼくのような、こんなところへ来てくれるというだけで有難いんですから」

目が悪くなるまでは彼はダンディな慶応ボーイだった。マシュマロの妻は彼の自慢だった。なんて可愛い、と彼女を見る人は皆いった。その上に品があって優しくて愛嬌よしで、と。ぼくは彼女を不幸にしたくなかったから婚約を破棄するつもりだったんだ、だが彼女は七年かかってぼくを説得した、それで結婚することになってしまったんだ、と彼は同じ言葉を何度もいう。その時彼の窪んだ眼窩《がんか》の奥の、白濁した眼球に微かな光が点った。

彼は平気でそんなことをぬいに話した。ぬいは「そうですか」といった。彼はその返事が気に入らなかった。なんて女なんだ、と一日に何度も彼は思う。マシュマロの妻がいなくなってしまったという不幸の上に、更に新しい不幸を背負いこんだという気がした。

ぬいは働き者だった。自分が夫に気に入られているかいないかを気にもしていないふうだった。喜怒哀楽を顔に出さず、与えられた現実を真面目に生きることだけを考えているようだった。

ぬいは男の子を産んだ。子供はぬいに似ていた。近所の主婦たちは「ママちゃんにそ

っくり」といった。それを襖越しに聞いて、森は、

「ママちゃんか……」

と呟いた。胸の中を晩秋の風が吹き過ぎるようだった。ぬいに「ママちゃん」は似合わない。

「お父さんに似たらよかったのにねえ」

ある時、ぬいは赤子に向って突然そういった。ぬいの正直さは森の胸を打つことがある。だが、それだけのことだった。

それでも時たま苛責《かしやく》が胸を嚙むことがあった。ぬいが哀れでたまらなくなる。だが時を重ねていくうちに、すべての感情は日常の中に圧し潰され均《な》らされていき、彼は暗鬱な五十男になった。

相変らず森は辰彦の足の治療に通った。だが辰彦は森が来る日を忘れていたり、覚えていてもかまわずいなかったりした。今は志乃の肩凝りをほぐすのが仕事になった。

「いったい、あの子はどこで何をしているのかしら」

と志乃は必ずいった。志乃の肩凝りが酷いのは辰彦のためだ、とも必ずいった。辰彦は新聞社を辞めたのだ。彼が入社した年は、新聞社は三人しか新入社員を採らなかった。辰彦が入社出来たのは父の力である。彼は学芸部に配属されたが、机の上で幾つもの電話が鳴っていても知らぬ顔をしているので何度も上司から怒鳴られた。そのうち彼は校正部に廻された。その辛気臭い仕事に辛抱出来ずに辞めたのである。

「奥さまのご心配は当然ですが」

と森はいった。

「しかし辰彦くんはただののらくらじゃありませんよ。だいたい、大物になる男というものは若い頃は無軌道なものでしてね。いつか化ける時がきます……」

「うちのお父さんは努力家で謹厳で、誰からも尊敬されてきた人ですよ。のらくら者なんかじゃないわ」

と志乃は面白くないといった口調でいった。

「大物になる人ってのは、そういうものじゃなくて？」

志乃は辰彦があんなふうになったのは、森のせいではないかと思っているのだった。辰彦は新聞社を辞めて、この後どうする気なのかと父に問われて、「文学を目ざす」と答えた。

「文学を目ざすとはどういうことだ」、と父は訊いた。

「お父さんの前だけど、ぼくは事業の成功とか、地位名利にはどうしても価値を見出せないんです。世間の価値観に馴染めないんです。お父さんには社会に貢献しているという大きな満足や誇《ほこり》があるけれど、ぼくはそういう夢をどうしても持てないんです。ぼくは世間というものに馴染めないんだ。ぼくに何が出来るだろう。それを考えているとチャランポランな奴といわれる。実際そうなんだろうけど、ぼくはぼくなりに模索しているんだ。ぼくはね、ぼくはぼくの可能性を拓いていきたい……」

彼は喋った。父には空疎な言葉を弄しているだけだろうと思いながら、自分でも何をいっているのかわからないままに喋りつづけた。

「もういい」

と父は手を上げた。青臭い独りよがりはやめろといいたかったが、いわなかった。辰彦が勢に委せて、ぼくはもう一度、大学へ行きたい、お父さんにいわれて経済学部を出たが、今度は本気でフランス文学を勉強したいのだというのを何もいわずに聞いていた。

畑中清造の中には辰彦が子供の頃からの「左足」に対する負い目のようなものが抜き難くあった。辰彦が耐えている苦痛と同じ苦痛を実感することは出来ない。苦痛がどんなものか清造にはわからない。わからないということに清造の負債感があった。お父さんは辰彦に甘いと志乃はいい兄妹たちも同じ想いを秘めていた。しかしそれを口にするのはマイナスを背負っている人間に対して心ないことだという分別を兄妹は父から与えられていた。伸介は兄弟喧嘩をする度に父からいわれた。どんな喧嘩でも相手の肉体上のどうにもならない弱点を突いてはならぬと。畑中家に於て辰彦の左足は彼の免罪符になっていた。

春のある日、辰彦は家を出たいといい出した。こんなぬるま湯の暮しの外へ出てみたい、ぼくにはそれが必要なんだといった。その時も清造はいきり立つ志乃をなだめて思うようにさせようといった。辰彦は新大久保の空襲に焼け残ったまま立ち枯れになりかけているような一画の、老婆が一人暮しをしているボロ家の座敷を借りた。リヤカーに布団と机と本を乗せて、岩公《ガン》と呼んでいる書生の岩村《いわむら》に引っぱらせて引越したが、十日ともたずにまた岩公にリヤカーを引かせて家へ戻った。あの家の酷さといったら、と彼は十日ぶりのほかほかの白い飯を頰張りながらいった。

「酷いのなんのって、鼠がね、障子の桟を走るんだよ。障子に紙がないんだ。ゴキブリは寝床の中に入ってくるし、蚤だかダニだかがいてやたらに痒いのさ。ボロ壁の向うにはばあさんがいて、そいつが喘息もちで、一日ゴボゴボ、ヒーッってやってる。……いやはやいやはや……」

富子や給仕の女中は笑い転げ、志乃は、

「呆れたねえ」

といい、伸介は、

「それみろ、すぐ音を上げると思ってたさ」

勝ち誇ったようにいった。清造は何もいわずに苦い笑いを洩らしただけだった。

辰彦は慶応大学の仏文科に入学し、暫くは真面目に通っていた。補助として週に二回、夜の八時にフランス語の家庭教師が来た。

「大学ってどんなところ？　面白い？」

と杉が訊くので、見に来るかい？　といった。

「そんなことしていいの？　ニセ学生になるの？」

「かまやしないよ。わかりっこないんだ。天野も来いよ。次は佐藤朔《さとうさく》の講義がある」

「そうか、佐藤朔なら行ってもいいか」

二日後、杉と天野は辰彦について三田の校舎へ入り、教室の中ほどに三人並んで佐藤朔の講義を聞いた。教室には二、三十人の学生がいたが、誰も三人に目を止める者はいなかった。

講義が終ると待っていたように三人は校舎を出た。

「どうだった？」

と辰彦が訊いた。

「何いってるんだか、さっぱりわからなかった」

杉がいうと天野は、

「佐藤朔って面白い顔してるね」

といった。

「白井《しらい》浩司《こうじ》は見るからにフランス文学って顔だけど」

「ニセ学生らしい感想だな」

と辰彦はいった。

仏文科に入りはしたが、入ってみると辰彦の意欲はなくなった。彼はもとのように渋谷や新宿のぬかるみと喧噪の中をあてもなく歩き、パチンコ屋に入り浸り、クラシック喫茶で一杯のコーヒーで閉店までいつづけた。渋谷道玄坂上のライオンがいつか溜り場のようになった。ライオンへ行けば必ず誰か仲間がいた。一文なしでもライオンへ行けば何とかなった。

　天野はそのつもりでライオンへ行ったが、五時間待っても誰も来ない。電話をかける金もないので、やむをえず便所の窓の網戸を破って逃げた。

　ある秋の夜、庄田が杉の家のチャイムを鳴らした。彼はサルトルの「嘔吐」と「存在と無」をさし出して、これを買ってくれといった。二冊とも持っているからいらないというと、いきなり、

「助けてくれよ！」

と泣き声を上げた。天野と辰彦がライオンで待っていると誰かが金を持っていると思ったが三人とも一文なしだった。それで庄田が使い走りとなって杉を訪ねたのだった。杉はまあ、お上んなさいよ、といって庄田を上へ上げた。その二冊は誰の本かと訊くと「嘔吐」が辰彦で「存在と無」が天野のものだといった。あなたのはないの？　というと尻の両方のポケットから文庫本を二冊出した。それは中央保健所にいる文学好きの看護婦から借りたもので今日返す約束だったのを忘れて持っているのだといった。杉は庄田に手製のいなりずしを食べさせた。庄田はこうはしてられないんだよ、といいながらうまいうまいといって食べた。大阪風の太巻きもあるんだけど、と杉はいい、庄田はつい「食いてえな」といってしまった。

　そのうち天野がやって来た。天野はいつまで経っても庄田が戻って来ないので、外に出て道を眺めていると十円玉が落ちていたので、それを電車賃にして来たのである。天

野はなにやってんだ、と庄田にいいながら皿の太巻きを頬張り、杉ちゃんは人が悪いなあ、辰彦が可哀そうじゃないのかといった。杉は楽しそうに「罰よ」といって笑った。

二人が杉から五百円貰ってライオンに戻った時、閉店を過ぎてガランとした二階の隅で辰彦は狸寝入りをしていた。

暇さえあれば彼らは会っていた。いったい何の必要があってそんなに会うのかと天野の母や姉はいった。

「必要があってもなくても会うんだよ。会いたいから会う。それだけだ。それがなぜいけない？」

辰彦はなぜそんなにパチンコをするの？　と富子に訊かれた。

「パチンコは頭を休めるからさ」

「休めなきゃならないほど何もしてないのに」

と富子はいった。

「そう見える？　だろうなあ……」

辰彦は憐れむようにいった。

「オレはこうしてここにいる。庭を見ている——。その時、オレの頭は何もしてないと思うのかい。お前らには所詮、その程度の理解力しかないんだなぁ」

それは彼らの青春だった。切ない恋もなければ情念の爆発もない。叫び出すような歓喜も悲歎もない日々ではあったが、それでもそれは、紛れもない青春であることの証《あかし》として、ふんだんな自由があった。庄田と天野は軍隊で、辰彦は学徒動員で、杉は田舎暮しの結婚生活で青春期というものを拘束の枠の中で過さざるを得なかった。

だが今、彼らは二十《はたち》を半ば過ぎてしまってからふんだんな自由を獲得し、それをバリアのように張り廻らせて「のらくら」の非難を浴びながら、反省も不安もなく、少しも悪びれずに人は人、我は我、金がある時はあるように、ない時はないように、平然と暮すことの自由に浸っていたのである。彼らが目指すものは遠い彼方の混沌の中にあった。その混沌はあまりに遠く曖昧模糊《あいまいもこ》としているそれゆえに、彼らに希望を持たせていたのである。

第二章

1

保科雄作《ほしなゆうさく》が新人育成を目標に文芸キャピタルを立ち上げてから二十年の歳月が経っていた。彼は若い頃、総合誌の「改造」が出した文学賞の第一回改造賞を受賞していたが、それがどんな小説なのか読んだ者はいなかった。受賞後の保科の作品もあるのかないのかもわからない。それはあまりに昔のことで、保科自身もそれについて語ったことは一度もなかった。何しろ文芸キャピタルを立ち上げてから二十年以上も経っているのだ。

今は彼は金に困りながら新人養成に生活を賭けている男として知られているだけだった。過去二十数年、彼が金の遣り繰りに苦しまぬ時はなかった。そんなことをしているよりも、小説家なのだから小説を書けばいいと、友人たちは皆いった。

だが彼は書かなかった。要するに書けなくなったからだろう、と穿《うが》っていう者もいたが、それにしても貧乏覚悟でここまで続けていることは立派だ、えらい、という評価が文壇にはあった。彼は決して偏狭な頑固者ではなく、富裕な大阪の商家に育った人間らしくいつも柔和で穏やかだったから、印刷屋や紙屋、製本屋なども滞《とどこお》る支払いに対して苛酷に取立てようとはしないのだった。

文学を志望する者にとっては、文芸キャピタルは有難い存在だった。有名大学はそれぞれの大学名を冠した同人誌があったが、学歴もなく権威ありげな大学系の同人誌に加入する資格も手だてもない者には、月千円の会費で気安く入れ、作品の批評が欲しければ五十円を添えて送れば懇切な批評が送られてくるのである。

敗戦の傷痕が目に見えて癒えていき、復興に向う熱気が街々に立ちのぼっていたが、しかし産業はまだ復興途上にあって定職に就くのは容易ではなかった。そんな日々の空虚をものを書くことで埋めようとする青年たちが集ってきたのだ。文壇に出ようとか、職業作家になろうなどと本気で考えている者は一人もいなかった。そんな世界は自分たちとは全く別の次元にあって、自分たちはとにかく「書くこと」で漠然と広がっているだけの無為な日常に芯を作りたかったのだ。

文芸キャピタルの会員は二回誌上に掲載されると同人に昇格した。同人が増えれば同人費の収入が増えるだろうという考えから、作品が掲載されなくても入会して二年以上になるというので同人にされてしまう者が増えた。しかし同人は増えても実際に同人費を払う者は殆どいなかった。文芸キャピタルの経営は常に難渋していた。保科の生れ持っている鷹揚さは一種の風格になっていて、「先生」と呼ばれる立場にいながら、息子のような年の者に悪びれたふうもなく丁寧語で金の無心をする。それが度重なると不満を口にする者が増えていき、こんなに金が足りないのはキャピタルの同人費などの収入が、保科家の生活費や保科の酒代を賄っているからだ、という意見が出始めた。それはそれまでいわず語らず皆が思っていたことである。だがその正論を誰もいい出せなかった。

ある年の暮、杉は保科に呼ばれた。保科は「新人育成」という大義によって、既成作家たちに寄附を要請することを考えついたのだった。

「それでね、藤田さん、すみませんけどね、ぼくが電話をかけて諒承をとっておきますから、あなた行ってね、貰ってきてくれませんか。藤田さんの口から説明したりお願いしたりしなくていいんです。藤田さんは、行って、文芸キャピタルから来ました、とだけいえばいいんです」

杉はハイ、わかりました、といった。電車賃と地図を受け取った。地図は一日に廻る四人の作家の家々の道順が丁寧に書かれていた。師走の風に吹かれながら杉は、地図を見い見いバスや電車を乗り継いで、郊外に点在している有名作家の家を廻った。どの作家も何もいわずにすぐに金の入った封筒をくれた。書斎に招じられることもあった。作家自らが封筒を持って玄関先に出てくることもあった。その寛容さは保科雄作が文壇の大先輩としていまだに敬意を払われているという証左か、それともただ文壇の年長者に対する礼儀なのか、新人育成という目的への敬意なのか、あるいはそれほど彼らの収入は多くて、こういう金を出すことに馴れっこになっているのか、かつて自分も金に苦労した日々があったことを思ってのことか、杉はそんなことをあれこれ考えながら、忙《せわ》しげに往き来する年末の買物客の間や灰色の空に寒々と突っ立っている欅《けやき》林の下や、暗く汚れた川の傍を地図を片手に歩いた。

陽が落ちる頃、保科の自宅を兼ねている文芸キャピタルに帰り着く。古びた格子戸を開け「藤田です」というと、すぐの座敷から、「やあ、やあ、ご苦労さん、ご苦労さん」と保科の声がかかる。廊下へ上ってすぐの座敷へ入ると、小机の前の保科は瀬戸の丸火鉢を押しやりながら、

「すみませんでしたねえ。さあさあ、こっちへいらっしゃい、寒かったでしょう寒かったでしょう」

優しい関西訛りで犒《ねぎら》う。杉は手提げの中から貰ってきた封筒と電車賃の残りを渡した。

「すみませんねえ。疲れたでしょう。今日は一日風が強くてたいへんだったでしょう」

いいつつ封筒を開ける。どの封筒にも一様に千円札が五枚入っている。それを数えて財布に納め、それから千円札を一枚摘み出しながら保科はいった。

「では、イッパイやりましょう……」

「先生、私はもうおいとまします」

杉は酒は好きではない。だが保科は耳も貸さず、まあまあと押し止め、

「加代《かよ》、加代」

と妻を呼ぶ。顔を出した加代に金を渡すと加代は心得ているようにすぐに出て行く。いつもは何となく機嫌のよくない加代だが、この時は「ハイ」という声にいつもと違う響があって、間もなく一升瓶を傍《かたわら》に裂きイカやハゼの佃煮などの肴が並ぶ。加代は酒が強かった。

杉は何度か寄附を貰って歩いた。少しもいやだとは思わなかった。それは志を立てた者が当然なすべきことだ、と確信していた。ただきえ忙しい年の暮れ、家の手伝いもせずに出て歩く杉を、母がどんなに苦々しく思っているかとは全く思わなかったのである。

何回目かのそんな朝、その日も出かける支度をした杉が朝食の膳に向うのを見て、母は眉のあたりに怒気を見せていった。

「また出かけるのかい?」

「そう」

「また寄附もらいかい?」

「そう」

母の声は上ずった。

「保科さんもどうかと思うねえ。そんな乞食みたいな真似をさせてどういうつもりなんだろう……させる方もさせる方ならする方もする方だ……」

いっているうちに感情が高まってきて、吐き出すように、

「乞食!」

といった。杉は何も答えず、卓袱台《ちゃぶだい》に手をかけるとひと思いにひっくり返した。さっと立ち上り、自分の部屋へ入ってレインコートを羽織ると、古布をつなぎ合せて自分で作った布袋にそこいらの物を押し込んで玄関を出た。

どんよりと曇って底冷えのする朝だった。道は凍てついていたが、顔は熱かった。どこへ行くという当《あて》もなかったが、やみくもに歩いた。その足どりは力が漲った男のような大股で、人の目には見るからに颯爽としていたにちがいなかった。

電車通りに出ると杉は公衆電話で天野を呼び出した。そして夕方の五時に渋谷のハチ公の前で会う約束をすると、前日、保科に頼まれていた寄附金集めに廻った。田村泰次郎《たむらたいじろう》、野村胡堂《のむらこどう》、江戸川乱歩《えどがわらんぽ》、富田常雄《とみたつねお》の四軒だった。田村の家はどこまで続いていくのかわからぬほどの長い黒板塀の宏壮な構えだった。勝手口から入って行き、内玄関で案内を乞うと、やがて丹前をだらしなく着た田村が出てきて、人さし指と親指で摘むように持ってきた白い封筒を「はい、これ」とさし出し、「ご苦労さん」といった。田村の後ろの大きなガラス戸の向うは泉水らしく実物大の置物の鶴が二体見えた。一体の方は片脚を上げて一本脚で立っていた。

江戸川乱歩の所では、びっくりするほど肥って大きな身体を黒いセーターとズボンに包んだ中年女性が、広い玄関の間の畳の上に見るからに窮屈そうに正座し、盛り上った膝の上に丸い手を正しく揃えて、文芸キャピタルさんには前にも寄附をしていますから今回はお断りします、と一本調子にいった。

「わかりました。申しわけありませんでした」

謝罪して杉は玄関を出た。女性の冷然とした対応をもっともだと思った。断るのが当然だ。むしろ田村泰次郎や富田常雄のように（富田家ではわざわざ書斎に通され茶菓まで出たし、野村胡堂のところでは五千円ではなく一万円も入っていた）二つ返事で五千円もの大金を出す方が変っている。好人物というべきか、鷹揚というべきか、流行作家というものはそれほど儲けているということか、それとも後輩を応援するのは先輩作家の「心得」なのか。杉は感謝するのを忘れて、そんなことを考えつづける。

それにしても江戸川家のあの女性の正座した腿の厚み、黒いズボンの布地が特大腸詰の皮さながら、今にもハチ切れそうに盛り上っている姿には何ともいえない哀切さとユーモアがあったと思う。どうしてズボンなんか穿くのだろう。特大のズボンが手に入らないのだとしたら、スカートにすればいいのに、と思う。なぜスカートを穿かないのだろう？

そんなことを考えながら歩いていると、母と喧嘩したことや母は今頃どうしているだろうというような後味の悪さはいつの間にか消え、腸詰ズボンの女性に冷然と断られたことなどもむしろ面白さの薬味になるのだった。

文芸キャピタルへ行って保科に集めた金を渡すと、当分協力出来なくなった、とだけいって杉は渋谷へ向った。約束の場所に天野は既に来ていて、杉を見るなりニヤニヤ笑った。

「おふくろさんと喧嘩したんだって？」

彼は楽しそうにいった。杉はいきさつを説明し、これからどうしようかしらん、といった。天野はとりあえず腹拵《ごしら》えをしたい、朝から食ってねえんだといってラーメン屋に入った。ラーメンをすすりながら金は持ってるのか、と天野は訊いた。数日前に娘時代の着物や帯を売った金が二万円ばかりあったのを持ってきたと杉がいうと、そうか、よし、それじゃとりあえずもう一杯ラーメン食わせてくれ、といった。食べ終ると天野は「さて」といい、「これからどうする気だ？」と杉に訊いた。

「どうしようか」と杉はいい、どこかへ泊りたい、帰る気にならないといった。天野はとりあえずパチンコをして考えようといって、「大山道場」という名前が気に入っているいつものパチンコ屋へ行った。天野は大当りして杉のためにチョコレートを何枚かと自分のために靴下とサルマタを取った。

パチンコ屋を出るとライオンへ行った。ライオンから辰彦と庄田に電話をしたが二人ともいなかった。かんじんの時にいねえ奴らだな、と天野はいい、二人はシベリウスのバイオリン協奏曲を聞いてから外へ出てぶらぶら歩いた。冬の陽ははや暮れて帰途を急ぐ勤め人や買物客の上を鼠色の空っ風が吹いて行く。

「ぶらぶらするのも案外疲れるものだわねえ」

「杉さんはそういう人だね」

天野はいった。

「俺なんか一日中歩いてもぜんぜん疲れないよ」

「私は目的なしに歩くのって疲れるわ」

「じゃ新宿へ出ようか。とりあえずの目的として」

「そうしようか……何のために行くのかわからないけど」

「そうしているうちに見つかるのさ。どうしようってことが」

「そういうものなの」

「そういうもんさ」

二人は新宿へ出た。通りすがりの遊戯場に赤鬼の人形が立っているのが見えた。それにボールをぶつけると赤鬼は「ウォーウォー」と両手を上げて叫ぶ。杉は面白がって何回もボールを投げた。それから二人はまたぶらぶら歩いた。それから何ということもなく立ち止った。

「みんなせっせと歩いてるわねえ。家へ帰ろうとしてるのかな。どんな家かしら。どんな家族が待っているのかしら。こうして見てるとそれを知りたくなってくる。ねえ、そんな気持しない？」

二人の前には幅広い道が左右に開け、道の向うはまだ復興していない焼跡の一劃だった。そこに焼け残りの二階家がポツンと一軒建っている。仕舞屋《しもたや》風だが、二階の屋根に大石旅館と大きな看板が出ている。焼け残ったものの収入がないので、仕方なく旅館にしたのかな、と天野がいった。後家さんの一人暮しかな、亭主が戦死でもしたのかな……。とりとめなくしゃべっていると杉がいきなり、あすこに泊ろうかな、といった。

「あれは君、連れ込み宿だよ」

「二人でなきゃいけないってこと？　なら天野さん、一緒に泊ってよ、ねえ……」

天野は絶句したまま、暫く考えていて、「それじゃこうしよう」といった。

「お杉さんは庄田のところへ行って泊めてもらいなさい。いきなりでも奴なら構わないよ」

「庄田さんは新小岩じゃないの。これから新小岩まで行くの？」

天野は杉にとり合わずにつづけた。

「君が庄田のところへ行けば、宿賃は浮く。旅館へ行けばどうせ二千円くらいは取られるだろ。その二千円をだな、それをオレにくれよ。それでオレは二丁目へ行く」

「それでもいいけど……」

杉はあっさり諒承し、

「そんなら庄田さんの家まで送ってくれる？」

「送るとも送るとも」

「じゃそうしよう」

庄田は保健所の看護婦と結婚したばかりで、新小岩で二階借りをしていた。庄田の妻は熱心なクリスチャンで、真面目過ぎて面白みのない女だが、どういうわけだか庄田なんかと結婚した。生真面目だから庄田にヤラレてしまって仕方なく結婚したんだ、そう庄田がいってるんだから間違いない、と天野はいった。

二人が行くと庄田は別だん驚いたふうもなく、「上れよ」といった。杉が母と喧嘩して家を出て来た。行き場がないので今夜一晩泊めてやってくれと天野が説明すると、庄田はこともなげに「いいよ」といった。杉は庄田の妻に挨拶して詫びをいった。妻は角張った顔に丸い眼鏡をかけていた。突然の泊り客を迷惑に思っているのだろうが、顔にはどんな表情も出ていなかった。杉は天野に二千円渡した。天野はわざとらしく押し戴いて部屋を出て行った。

天野がいなくなるとすぐ布団が敷かれた。一方の布団に庄田夫婦が同衾し、並んで敷かれた寝床に杉が寝るのだった。庄田の妻の嫁入り支度なのであろう。ま新しい布団に毛布はふわふわの新品で、優しい肌触りは庄田には不似合いに思われた。彼女は有能な看護婦として一所懸命に働いた。いつかくる幸せな結婚を夢みて金を貯えていたのだろう。それが選りにも選って庄田のようなチャランポランな男を夫にすることになろうとは……そんなことを考えながら杉は、心地よい毛布のぬくみの中に沈んでいった。明日からどうするかということも、庄田の妻が今、どんな思いを抱えているかも考えずに。隣の寝床から、いや、よしなさいよ、という忍び声が聞えているのを庄田らしいと思いながら、快い眠りに落ちていった。

翌朝、杉が起きた時は庄田の妻はもう勤めに出た後だった。庄田は当然のように、オレ？　休むさ、といった。妻が支度をして行った朝食をすませた後、杉が出窓に腰をかけて見るともなく道行く人を見下ろしていると、刺すような朝の光が斜めに射している通りを、天野がノコラノコラと歩いて来るのが目に入った。

「おはよう！」

杉が声をかけると、天野は眩しそうに見上げていった。

「太陽が黄色いよ」

2

梅津玄へ藤田杉の手紙

今日、田代雪枝が、この頃夢中になっているパッチワークでクッションを作ってきました。パッチワークは私も昔、古布を継ぎ合せて作ることに興味をそそられて、すっかり嵌《はま》ってしまった時期があります。新しい布は使わないで、あくまでも古布で色合せをするその面白さが私が嵌ってしまった理由でした。古布にはさまざまな色、風合があり、形も大きかったり小さかったり色々です。そういう制約の中で色や形を合せて作っていく楽しみは、いうなら五七五の字数に制約される俳句の苦労と面白さに似ているような気がします。

雪枝のパッチワークは、五角形や三角や六角、星やら月やら、それは器用に美しく造形されていて見ごとといえば見ごとなものです。でも私にはそのキレイさがどうも気に入らない。古布ではなく新しい布地なのが気に入らない。風合というものがないと思うのです。

相手が雪枝なので遠慮もなくそう指摘すると、雪枝は、

「杉ちゃんはむつかしい人やからねえ」

といって笑いました。彼女は私のどんな失礼も許します。許しているのか諦めているのか。わたしらは「わかり合《お》うてる仲やもん」と彼女はいいます。いらない、持って来るな、といくらいっても、まずい手料理や菓子を持ってきて、

「一口でいいから食べてみてよ。まあ、そういわずに一口食べてみて」

と口もとへ持ってくるのです。私はずいぶん我儘者だけれど、雪枝の方は相当鈍感だと思います。私は雪枝にイライラさせられたり、うんざりすることが多いけれど、彼女はこの私に苛ら立ったり腹を立てたりしたことはありません。彼女は何かというと私のことを親身になって心配してくれるのです。心配しなくていいのに。ほっといてくれ、といいたいのに。

今日もまた雪枝は辰彦のことを偲んで、ホントにホントにいい人だった、あんないい人はいないとくり返しいっていました。聞き飽きたフレーズです。ほかに話題はないの

かといいたいくらい。

杉ちゃんは辰彦さんの手のひらの上で暴れてる孫悟空だった。辰彦さんはそんじょそこいらの男とは違う。彼の大きさが杉ちゃんにはわからない。こういってはナンだけど、辰彦さんだからこそ、杉ちゃんを奥さんにしていられたんだと思う。もっともつづいたのは十年？　十二、三年？　結局は逃げていったものねえ。

私はいいたいことをかまわずにいう人間ですから、人がいいたいことをいうのも一向にかまいません。

「ごもっとも。その通り」

といいます。しかし、あんたは何が面白くてやって来ては辰彦の話ばかりするのだ、いったいあんたは辰彦に惚れていたのか？　惚れた目には、見ても見えずということがあるのを知っているか。そういわずにはいられなくなります。

そやかてお杉があんまり冷たいからや、と雪枝は思わず故郷の訛を出していいました。

それは杉ちゃんにもいい分はあるやろけど、もう死んでしまった人に対して哀悼の気持というか、懐かしむ気持もないいやなんて、あんまりやもの。辰彦さんが可哀そうなんよ。わたし。

「杉ちゃんはあっさりした人やと思てたけど、恨みつらみをまだ抱えこんでるのが、わたしイヤなんよ」

恨みつらみ？　冗談じゃない。そんなものにしがみついている藤田杉だと思うのか。

そんな女々しい気持は爪の垢ほども持ち合せていない私だよ。私はいいました。

「私は冷たい人間なのよ。それだけよ。本人の私がそういっているんだからそれで納得すればいいじゃない。いったい何十年のつき合いなのよ、私たちは……。私と雪枝とは根っから違う人間なのよ、私は雪枝みたいに情の厚い女じゃないの、それがまだわからないの？」

もともと色白の平べったい雪枝の頬一面に細かな小皺が寄せていることに私は気がつきました。私の見幕に驚いて広い頬一面の小皺が、風に吹き寄せられる小波のように、さーっと動き、何ともいえない悲しみの表情が現れるのを見て、私は強張った顔を横に向け、後悔にじっと耐えるのでした。

「ごめんね、気に障ることをいうて」

といって雪枝が帰った後、私は顔を庭に向けたまま動けませんでした。過ぎて行った歳月が（先生に叱られそうな古い表現ですが）走馬燈のように頭の中を通過していき、いつか馴染んだ寂寥《せきりよう》がやってきました。

——何もかも過ぎてしまった……。みんないなくなった……。とり返そうにもとり返しのつかないところまできてしまった……。

ああ、梅津先生。先生ももういらっしゃらない。先生のご病気が重いと聞いているのに、私はお見舞いにも行きませんでした。私は仕事に忙殺され、それを口実に伺いませんでした。実際、あの頃の私は身も心もイッパイイッパイでした。ひとのことどころではありませんでした。先生がお悪いと聞いても、まだそうさし迫ったことではないと勝手に思って……。何もしませんでした……。あんなに先生は愛して下さったのに。そのことを思うと鉛のような後悔に圧《お》し拉《ひし》がれます。

改めて私は畑中辰彦のことを想い浮かべます。辰彦は死んだ、と胸に呟きます。そして自分の胸の鼓動に耳を傾けます。雪枝がいったことを思い出し、辰彦が私に向けてくれた笑顔を思い浮かべ、それからあの左足、疲れてくると一足毎に下った左肩を思い描き……そうして後になってじわじわ効いてくるボディブロウがくるかと、じっと待ちます。

けれども静かなのです。怒りもない、悔いもない、懐かしさもないのです。何も擡《もた》げてきません。とっくに彼は私の中にいなくなってしまっていたのでしょう。もし今、ひょっこり彼があの世から来たとしても、私は私たちの間には何ごともなかったように、

「元気？」

そういうだろうと思います。

3

天野と辰彦と庄田に見送られて、杉は新宿駅から中央線の三等車輛に乗った。零時発の最終列車で、暖房のない三等車の乗客は杉ともう一人、黒いオーバーの男が一番前の

席に坐っているだけだった。

杉は長野県の伊那町《いなまち》に行こうとしていた。伊那町はかつての杉の夫が航空本部付の経理将校として赴任していた町で、新婚の月日を杉はそこで暮した。僅か一年にも満たない生活だったが、間借りをしていた「觀月《かんげつ》」という料亭を訪ねる心づもりだった。「觀月」の主人夫婦は好人物だったが、元気で店を開いているのかどうかはわからない。もし行方がわからなくなっていたら、とは杉は思わなかった。戦争中、どこも食糧難だった時に経理将校だった元の夫が、徴発してきた肉や野菜を運び込むので営業が成り立っていた、その有難さを忘れずにいてくれるだろうという勝手な思い込みがあるだけだった。

杉の坐席の窓の下、天野の電話で駈けつけた辰彦と庄田がプラットホームに天野と並んで、代る代る冗談をいい、杉は元気にそれに応じた。まるで楽しい旅に出かけるようだった。居場所が決ったら手紙くれよ、陣中見舞いに行ってやるよと天野がいい、警笛が鳴って汽車は動き出した。深夜の人影のないプラットホームに並んで笑っている三人の姿が遠去かっていった。

朝の六時前に辰野に着き、乗り替えて間もなく伊那町に着いた。五年前に杉がいた時のままに伊那町は雪を被って、まるで夕暮のように凍てついていた。駅前のささやかな広場から始まる往還を少し行って左へ爪先上りの小径に入ると、凍った疎水に沿って昔のままの「觀月」の看板が出ていた。

突然現れた杉を、おかみはどう思うかなど何も考えずに杉は入って行き、驚き顔のおかみに「こんにちは」といって照れ隠しのように笑った。挨拶もそこそこに行方定めぬ旅に出たこと、ひとまず今夜は泊めてほしいというと、人の好いおかみはいやな顔もせずに承知し、杉は食事にありついた。その夜、「觀月」には五人ばかりの客があり、杉は料理や酒を運ぶ手伝いをした。

伊那町から近い高遠町《たかとおまち》からバスで山に入っていくと、「山室」という鉱泉宿が一軒だけある。そこなら今頃は客がいないだろうから宿泊代も安いだろう、と聞いて翌日、杉は「山室」へ向った。高遠から乗ったバスを山室鉱泉前で降りて、運転手に教えられた通りに谷に向って下っていくと、渓流の音が聞えてきて想像したよりも大きな総二階の大屋根が現れた。建物に沿って廻っていくと、渓流を見下ろす台地で兵隊ズボンの背の高い男が薪を割っていた。

「こんちは」

と杉はいった。男は薪割りの手を止めて不思議な者を見るように杉を見た。

「泊りたいんだけど」

杉はいった。

「一人かい？」

「ええ。少し長くいたいんだけど、宿賃はどれくらいですか？」

「二食つきで一日六百円だ」

ジロジロと杉を見た。

「六百円か……」

杉は少し考え、

「ひと月もいれば少し安くなりますか？」

男はあっさりいった。

「なら四百円でどうだ」

「四百円ね、オッケーよ」

男は薪割りを捨てるように投げて杉を案内した。古びてはいるが立派な玄関だった。かつての隆盛が偲ばれるような広さだが、掃除は行き届いておらず、汚れた長靴やかんじきが脱ぎ捨てられている。男に呼ばれて妻らしい中年女が出て来た。先に立って正面の階段を上りながら、客はいないからどこでも好きな部屋に決めて下さいといった。渓流を見下ろす長廊下に沿って、雪見障子を立てた座敷が四つ五つ並んでいる。杉はここが一番いい部屋だとおかみがいった角部屋に決めた。

「風が出てきたに」

といっておかみが出て行くと、間もなく十四、五の太った少女が十能《じゅうのう》に赤々とおこった炭火を持ってきた。ものもいわずに炬燵に入れる。午《ひる》をいくらか過ぎた頃合だったが、谷間の宿には夕方の色が垂れ込めていた。少女が出て行くと渓流のせせらぎが急に高くなった。渓流は向うの方でくの字に曲り、間もなく姿を現して両方から迫る岩の間に消えている。長い廊下のガラス戸が一斉にガタガタと鳴ると、部屋の雪見障子は慄《ふる》えて隙間風が入ってきた。杉は炬燵の上に伊那町で買ってきた原稿用紙を広げ、ノートと鉛筆を置いた。形ばかりの宿帳を書く時、怪しまれないために職業欄に「作家」と書いたことの裏づけをしたつもりだった。

太った少女はよし子といい、この宿に住み込みで働きながら中学校へ通っていた。よし子は学校へ行く前に杉の部屋の炬燵に火を入れていく。面倒くさいので杉は眠ったふりをしている。夜は遅くまで「書き物」をするので朝は遅い。従って朝食は昼朝兼帯でいい。杉はそういって昼飯代を倹約した。「書き物」といっても、何の当もない「仕事」とはいえないものだった。しかし何か書かなければ、と思いながら、杉は雪見障子のガラスと廊下のガラス障子を通して渓流の消えた彼方に見える、純白に尖《とが》った高峯を眺めて一日をやり過した。その高峯は名のある山に違いなかったが、それをよし子に訊くのも面倒くさかった。

杉は天野や辰彦に手紙を書いた。そうするほか、何もすることがなかった。新宿で天野がくれたショーペンハウエルの「女について」は読み飽きた。この宿には新聞もない。新宿のたたずまい、浴場の広さと寒さ、宿賃を値切ったせいか、食事はどんぶりの盛り切り飯でおかずは冷凍イカを、てんぷら、煮つけ、塩焼き、フライの順番でくり返されていること、ここへ来てから一度も掃除をしてくれないので、床の間に綿埃が溜っていること、よし子に掃除の箒は廊下の突き当りにあるといわれたこと、だが杉は掃除をする気にならないからしない。とにかく寒くて炬燵から離れられない。ここは天野さん向きの宿です……そう書いてよし子に投函を頼んだ。

天野か辰彦か庄田からの手紙が今日あたり来るのではないかと思っていた時、「藤田さん、お客」とよし子がいう声と一緒に障子が開いて辰彦が立っていた。

「エヘヘヘ」

と辰彦は笑った。

「あれま、どしたの」

と杉はいった。

「天野がよろしくってさ」

いいながら辰彦は炬燵に入った。

「来たいけど、先立つものがなくてね、だってさ」

辰彦は宿帳を持って入ってきたおかみに、もう一部屋用意して下さい、といった。

辰彦の部屋は杉の部屋と背中合せの、床の間もなにもない殺風景な六畳だった。窓は北向きで切り立った崖が見えた。食事は杉の部屋で一緒にとる。どうせ寝るだけだからどんな部屋でもいいと彼はいった。その夜の夕食は焼豆腐といかの煮つけだった。辰彦はそれを見て、「なるほど」といった。

「してみると明日はてんぷらだな」

「いや、明日は塩焼き」

と杉はいった。口を利く相手もなく数日を過した杉には、辰彦が来たことが嬉しかった。辰彦は天野が杉の母のところへ行き、杉が元気で伊那町の奥で小説を書いているといって安心させたことを報告した。杉の母は「まったく、しょうがない」といい、散々杉の悪口をいったので、天野はそれに賛成して母の気に入られたらしい。

「ところで毎日、何してたんだい？　書けたかい？」

「何も」

「だろうな」

「畑中さんの方はどうなのよ」

「例によって例の如しさ」

「天野さんとサルトル論争をやって、パチンコへ行って、ホントは二丁目へ行きたいんだけど、金がないのでライオンでラフマニノフを聞いて……」

杉がいうと辰彦はま、そんなところだな、といってポケットから花札をとり出した。

「やるかい？　ハチハチ」

「それがお土産？」

いいながら杉はいそいそと炬燵の上を片づけた。

「一点十円でどうだ」

「いいけど、ホントに払ってよね」

杉は浮き立った。杉は書きつぶした原稿の裏を使って二人の勝負を書き止めるメモ用紙を作った。夜が更けるのも忘れて二人は勝負に熱中し、どちらかの負けが込み、疲れ果てるまでつづけた。

翌日も朝食の膳が下るとすぐに始めた。気がつくといつか降り出した牡丹雪が渓流沿いの灌木も枯草も、点在する岩も小径も蔽《おお》いつくし、一面白一色の中を渓流が黒い紐のようにうねっているだけになっていた。雪にかまわず二人は毎日ハチハチを戦わせた。杉の部屋の床の間は埃で薄白くなった。

「おめぇ、掃除に行ったかい」

という女主人の声によし子が、

「いつも花札ばっかやってるもんで出来ねえんだにぃ」

と答える声が聞えた。

ある日、突然宿は賑やかになった。村の青年団が農事の疲れ休めに来たのだ。二階は満室になり、宿は生き返ったようになった。階段を隔てた向うの部屋で、いつも同じ決った声がボロンボロンとギターをかき鳴らして、

「芸者わるつは
思い出わるつ……」

と歌った。ギターはただボロンボロンとかき鳴らすだけでメロディになっていない。

「芸者わるつは
思い出わるつ」

飽きもせずくり返していた。そのくり返しのほかは、前も後も知らないようだった。

辰彦と杉は花札を打ちながら、

「芸者わるつは
思い出わるつ」

と一緒に歌っては、「よッ！」と札を叩きつけた。

「あの二人はアベックかよ？」

という青年の大声が聞え、

「ちがう、アベックなんかじゃねえ」

とよし子が答えている。そんな声を聞きながら、二人は無頓着に花札を打っていた。

時々、二人はバスに乗って高遠まで出かけた。辰彦が煙草を買うためだった。高遠には役者買いをして流罪になった江島《えじま》の幽閉屋敷があると宿のおかみがいっていたが、そんなもの見たってしょうがないと辰彦はいい、杉も同感だった。町は沼底のように沈んで寒々しく本屋も喫茶店もなく、どこにも人の気配はなかった。辰彦はやっと見つけた煙草屋で煙草を買い、杉はその隣の駄菓子屋で一個三円のそば饅頭を買った。二人はそれを食べながら、低い軒の連らなりの間を歩いた。そして次のバスで帰った。

部屋にある本といえば、新宿の古本屋で天野が買ってくれたショーペンハウエルの「女について」と、辰彦がくれた「マルテの手記」の二冊だけだった。花札に飽きると、杉はくり返しその二冊を読んだ。辰彦は上等だがいかにも古くさいワニ皮のボストンバッグから文芸キャピタルの投稿作を取り出して推敲し批評を加えた。それは保科雄作から頼まれたもので、推敲料として送られてくる金は保科家の家計に入る。ボストンバッグの中に投稿原稿が詰っているのだった。

「君も少しは助《す》けろよ」

と辰彦はいったが杉は「いやよ」といった。文章というものはそれを書いた人の呼吸みたいなものだから、他人《ひと》の呼吸にイチャモンはつけられない、というのが杉の逃げ口実だった。

「いろんな呼吸があるんだよ。それをわかった方がいいよ」

「だって今は、自分の呼吸でさえ覚束《おぼつか》ないのに」

杉はいった。

「私にはそんな自信はないもの。畑中さんは自信家だからそんなことが平気で出来るんだわ。第一、投稿してきた人は、保科先生に批評してもらったと思ってるんでしょう」

「保科さんよりぼくの方が、なんぼか確かだ」

と辰彦はいった。

天野のくれた「女について」の古本の中にはところどころ赤い傍線が引かれている。

「天野さんたら、私を教育するつもりでこれをよこしたのね」

杉はそういって、傍線の箇所を読み上げた。

「女性の直覚的悟性は近いところを鋭く見るけれどもその視野は狭く、その中には遠距離のものが入ってこない……ですってさ……。まだあるわ、女性と男性との間には、ただ表面的な共感が存在するだけで、精神、霊魂、性格などについての共感はごく僅かばかりに過ぎない……」

それから杉は大声になった。

「女性に対して尊敬を払うのは、度はずれに滑稽なことであるし、そんなことをすると女性自らが男性を見くだすようになってしまう……。面白いわね。けど天野さんはどういうつもりでこれを私に読ませようとしたんだろう」

辰彦は本を手に取ってパラパラと拾い読みをしていて、

「このラインはもとの持主が引っぱったんだな」

といった。

「ほら、ここをごらん」

辰彦の指した裏表紙の裏側に、色褪せたインキの文字があった。

「Tさんに対する感情を処理する心算《づも》りだったが、手紙を書く必要からか、とにかく女性一般についてひどく考え方が変ってきたこと、自信と信頼を失いつつある時、これを購《あがな》う」

ひゃあ、これは面白い！　と杉は仰《の》け反《ぞ》った。ドラマだわね。失恋したのね、この男。どんな男かしら。若いわね。真面目で純情？　世間知らず？　あんまり真面目で面白みがないから、こういうことになったのね。この本読んで勉強した？　納得したのかな？

ねえ、小説になるわね。何ともいえないユーモアがあるわ。タイトルは「女について」よ、チエホフのようなユーモア小説になるわ。

一気に喋るのを、辰彦は気の乗らない顔つきでいった。

「お杉さんには独特のユーモア感覚があるんだなあ……」

「あなたは面白くないの？」

「うん、それほどはね」

辰彦はいった。それから唐突に、

「リルケは薔薇のとげを刺して死んだんだよ」

といった。リルケの墓には彼が自分のために作った墓碑銘が刻まれている。辰彦はそれを暗誦した。

「おお薔薇　純粋でかなしい矛盾のはなよ
はなびらとはなびらは幾重にもかさなって眼蓋のように
もはや誰のねむりでもない寂しいゆめを
ひめつつんでいる　うつくしさ」

杉は訊いた。

「バラのとげを刺して死ぬって、どういうこと？」

「そこから白血病を引き起したんだ。白血病で死んだっていうよか、バラのとげを刺して死んだという方がリルケらしいだろ」

「ふーん、なるほどねえ、そうかぁ……」

杉がいうと辰彦は苦笑した。

「そこいらのおっさんみたいにいわないでくれよ」

そんな時、杉は何ともいいようのない楽しいくつろぎを味わった。それは仲のいい兄妹の間を流れる肉親愛のようなものだった。杉はリラックスし、無邪気な妹になった。だがそうはいっても本能的で濃密な（時には残酷にもなり得るような）肉親の愛情とはどこか違っていたし、また、志を一にする盟友との信頼感ともいい切れない、情念の外側にいて頃合の湯に浸っているような、何とも気持のいいものだった。

4

梅津玄へ藤田杉の手紙

今日突然、何の脈絡もなく思い出しました。ぶ厚い過去の堆積の中からなぜそれが出てきたのかわかりません。

私はお風呂に入っていました。夜が明けたばかりの初夏の朝です。お隣りの屋根を越えてきた鋭い朝の光が、浴室の窓を射抜いて浴槽に落ちていました。この二、三日難渋していた注文原稿をどうにか書き上げて、夜通し机に向っていたために硬直した背中や肩が温かなお湯にほぐれていく、ささやかな充足感に浸っていました。これはやっぱり幸せというものだろうか、私の幸せはこんなところなのだ、なんて、私にしては珍らしいことを思ったりしていました。

その時、脈絡もなく、ふっと蘇ってきたのです。あの「馬の舎《や》」の、タバコとお酒と安油の匂いが混った、懐かしいようなムッとくる湿ったぬくみ、それを浴槽から立ちのぼる湯気の中に感じたのです。

あの座敷は私たち貧乏文学青年が唯一、たむろする場所でした。豚の生姜焼きとかおから、玉葱ばかりのギョーザなど、とても先生のお口に合うとは思えない居酒屋の料理。でも私たちはそんなことも考えずに、時々先生をご招待しました。先生は困った様子もお見せにならずに私たちの招待に応じて下さいました。

「君たちはほんとに仲がいいねえ。珍らしいねえ」

何度か先生はそう仰言いました。

「一見結束しているように見えていても、一人一人別々に来ると仲間の悪口ばっかりいってるグループが多いよ」

私たちは「そうかなぁ」「そうですかァ」などというしかないのでしたが私は嬉しかった。「だって悪口いうほど見る眼がないんだもの」と思っていましたが、今考えると見る眼がなかったというよりは、お互いに遠慮もなくいいたいことをいい合っていたものだから、蔭で何かいう必要などなかったのだろうと思います。私は仲間みんなが大好きでした。

先生は覚えていらっしゃらないでしょうけど、その「馬の舎」で突然、先生は畑中に向ってこういわれたことがあります。

「畑中君は頭のいい人だと思うがね。君にはもうひとつ、人間がわからない、わかろうとしないところがあるね。例えば君は杉さんのことは何もわかっていないだろう？」

なぜ先生が唐突にそんなことをいわれたのか、私はびっくりしました。先生のその言葉が出る前、畑中が何か難かしい文学論をぶっていたことをぼんやり覚えています。先生はそのしたり顔の文学論に反発なさったのか、あるいは以前から考えていて、いつかいおうと思っておられたことが突然出てきたのか……みんな、キョトンとして、そしてシーンとなりました。その時でした。なぜそうなったのか何もわからぬままに、私の眼から思いもかけない涙が、隠しようもなく溢《あふ》れ出たのでした。

なぜ私は泣いたのでしょう？　今でもそのわけはわかりません。畑中は「はァ」といったきりでした。どんな顔をしていたか、先生の表情はどうだったか、泣いていたのでわかりませんでした。私はただただ、勝手に流れ出てくる涙に困っていました。

私に思い当ることはありませんでした。畑中は寛大な夫でした。私は我儘《わがまま》し放題の、あらくれといっていいような妻でした。誰の目からもそう見えていたでしょう。畑中はよく我慢しているねといい合っていたことでしょう。私は掃除洗濯をせず、手伝いの女の子を使い、畑中がくれる金を考えなしに遣い、いいたいことをいい放っていました。私は自分で悪妻だと思い、いいもしていました。悪妻であることをまるで女流作家の資質であるかのように容認、いいえ、自負さえしていました。畑中が黙っている限り、それでよいのだと思っていました。

畑中は誰に対しても怒らず、批判せず、すべての人に同じ愛情を注ぐ人でした。そんな畑中を私たちは半ばからかうように「鈍感」呼ばわりをしていました。鈍感だから何も見えない、感じない、だから「いい人」でいられるのだ、などといいました。そんな時彼はただ、

「なにをいうか」

と笑っているだけでした。その笑い顔に私は畑中の「大きさ」を感じていました。鈍感だと攻撃しながら、私は畑中を「許し」を知っている寛容な男なのだと思い、安心し、尊敬さえしていたのです。

先生。先生はいったい私の中に何を感じ取られたのでしたか？　私自身、気がついていない「不満」というようなものですか？　「苛立ち」ですか？　それとも畑中の中にある何か……。それは何だったのでしょう？

それきり先生は何もいわれません。畑中も何もなかったような顔をしていました。なぜ泣いたのか、そのわけを彼は私に訊きませんでした。彼にとってはそんなことはどう

でもいいことだったのでしょうか。大分後になってその場に居合せていた雪枝が、なぜ泣いたのかと訊いたことがありましたが私は不機嫌に、わからないといっただけでした。雪枝は唯一の女の親友だけれど、時々、カンに障るのです。罪もないのに、と思いながら邪慳な気持になってしまうのでした。

実際に私は「わからない」のでした。

先生は私に何か、耐えていることがあるとお思いになったのでしょうか？　そして私を「可哀そう」に思っていらしたのですか？　だとしたらなぜですか。私に思い当ることは何もありませんでした。何も思い当らないけれど、先生からそういわれると、「ある」ような気がしました。胸の奥の奥の方に潜んでいて、私の意識が無自覚に抑えつけているものがあるような気がしました。私自身気がつかないでいるそれを先生の洞察力が掘り起して下さった……。

それは畑中がよくいっていた「梅津さんのドグマ」だったでしょうか？

先生は私の味方だったのですね？

味方といういい方はおかしいかもしれません。大きな愛を注いで下さっていた、といった方がいいのでしょうか。いいえ、愛という言葉を遣うよりも「認めて下さっていた」「気にかけていて下さった」のだという方がぴったりきます。先生にとって私は（なぜか）弱い小さな存在だった。だから捨てておけないという気持を持って下さっていたのでしょう。それが有難くて、涙がこぼれたのかもしれません。弱い小さな存在。誰一人として私のことをそう思う人はいないのに、先生はそう思って下さったのです。

なぜですか。なぜそう思われたのですか？

私自身でさえ、自分は強い女だと思っていましたのに。畑中辰彦の包容力に包まれて、安心している私でしたのに。先生は私の中の何に、いつ気づかれたのですか？　何が見えていたのですか。私は自分でも知らずに何かに耐えていたのでしょうか？

「なぜってことはないんだよ」

先生のそんな声が聞えるような気がします。

「そう感じるだけだよ」

その後、時折、畑中はいいました。

「梅津さんは真面目な人だけど、あのドグマだけはどうもいただけないねえ」

畑中はあの「馬の舎」の夜のことを、そういって片づけてしまったようでした。

5

前から心臓を患っていた辰彦の父の容態が変化したので、帰ってくるようにという電報がきて、辰彦は東京へ帰ることになった。雪はやんで眩しく晴れ渡った朝だった。杉は辰彦と前後して曲りくねった崖の小径を上り、バス停まで見送った。やがて雪道をガタガタと揺れながらバスが来て止まる。辰彦は、

「そんじゃあ」

といってステップに足をかけた。

「サヨナラー」

杉は女学生のようにいった。バスはガタガタと雪道の奥へと消えて行き、抜けるような紺碧の空の下に杉は残った。谷も谷向うの山なみも、どこを見ても白一色に埋め込まれて、その中で唯一色彩《しきさい》のあるものとしては杉の緑色のセーターと黒いズボンだけだった。風はなく、音もなく、動くものといって何ひとつなく、深い積雪の遥か底の方で、地球がおもむろに回転する鈍い音が聞えるようだった。

ふと周りの景色が動いた。厚い雪を被って連らなっている谷向うの山なみと、さっき谷の宿から上ってきた辰彦と杉の靴跡が幾曲りしながら残っている雪の斜面が、さーっと後退《あとじさ》りして行って、その瞬間杉は息が詰るようなわけのわからぬ感覚に包まれた。何の音もしない。何の気配もない。雲の切端の影ひとつない、まるでポスターの青空のような冬空が、どこまでもどこまでも見渡す限りのっぺりと果しなく広がっているのが、それは空ではなく異次元の囲いのように感じられた。いても立ってもいられない。動けない。目に見えぬ透明なバリアが杉を取り巻いているのだった。どっと冷汗が出た。息

が出来ない。

どこか遠くの方で、雪の塊がどかどかと落ちる音が聞え、鳥の啼声がしてバリアは解けていった。下りのバスが喘ぐようにエンジンをふかす気配が微かに伝わってきた。遠くへ退ぞいた雪山や谷は元に納まり、空に二つ三つ小さな雲のカケラが湧いていた。「海原に漂うくらげのように」という文言がふと浮かんだ。いつか庄田が書いた詩のタイトルだった。庄田はくらげのような自分を、あっけらかんと表現していた。そんな自分を否定もせず肯定しているのでもなく、苦しんでいる気配もない。あっけらかんの底に潜んでいるもの、それが出てないからダメだ、と天野が酷評していた。でもゴム草履をペタペタと引き摺って、箒片手に保健所の廊下を歩いている庄田の姿が目に見えるような詩だ。悪くない、杉がいうと天野は「甘いよ」といった。

庄田だけがくらげじゃない。

そう思いながら杉は宿に向って降りて行った。みんなくらげだ。天野も辰彦も森も。くらげだからさっきの、あの、怖ろしい、不気味な、現実との断絶感覚が襲うのだ。杉は思った。でもどうすることも出来ないでいる。

部屋に戻ると久しぶりで掃除がされていて、寒々しいほどきれいだった。半ば雪に埋もれた渓流には午過ぎの明るい陽が射しているが、部屋ははや薄暗く、炬燵の上に辰彦が置いて行った新宿の赤提灯のマッチがポツンと載っている。煙草の吸殻が山盛りになって、今にもこぼれそうになっていた大灰皿が、きれいに洗われて床の間の隅に置かれている。杉は辰彦が置いて行った花札を、一人でめくっては札を炬燵板にパシッと打ちつけたりした。

杉が所在なげにしているのを見て、おかみは時々、杉をお茶に呼んだ。お茶受けはいつも乾燥芋と高菜だった。おかみはいった。

「ほんとに珍らしいってねぇ。うちの父ちゃんもたまげてるに。小説を書く人って、ほんとにえらいねえって。今までに若い男の人と女の人が泊ったけえど、こんねん清潔っていうか、キレイな人は来たことねえなあ」

杉は、「そうですか」といった。いつか天野がいったことがあった。男と女の間に友情は成り立たない。もし成り立つとしたら、それはそのどちらかが本来の性を欠いている場合だと、ニイチェがいってるよ……。だとしたら、多分、杉に女という性が欠けているからだろう。天野や辰彦や庄田と、「親友」でいるのは。それ以上の関係に進まないのは。それを誇るべきか、それとも反省した方がいいのか？　だが杉はそんな自分が気に入っていた。

杉は毎日、炬燵でぼんやりしていた。辰彦が懐かしかった。今までは天野が一番身近な存在だったのに、今は辰彦の方が近くなっていた。杉は炬燵の上に原稿用紙を広げ、辰彦に手紙を書こうと思った。辰彦を見送った後、突然襲われたあのわけのわからない断絶感について。そして庄田の「漂うくらげ」を思い出して考えたこと。部屋に帰ると、赤提灯のマッチがポツンと炬燵の上にあったこと。あのどんぶりのような大灰皿が、きれいになっていて、中に龍の絵が描かれているのをはじめて知ったこと。そして急に寂寥に襲われたこと。これは寂寥というより、不安感といった方がいいかもしれないと思ったり、孤独感という言葉もあるけれど、この言葉だけはあまり安易に遣いたくないのです……。

そんな文言を思い浮かべたりしながら、夜になって万年筆を手にした時は、全く違う文面になっていた。

「畑中辰彦様
お父上のご容態はいかがですか。心配しています。もしかして間に合わなかったのではないかと思ったり、案外、心配するような容態ではなかったのかもしれないと思ったりしています。
私はそろそろここを出ようかと考えています。ハチハチで負かす相手もいなくなったし、畑中さんが置いて行った地図があったので、何となく見ているうちに、西の方へ暢気な旅をつづけるのも悪くないと思うようになりました。
神戸へ行けば友達も何人かいますし、亡兄の未亡人が割烹旅館を開いているので。伊那鉄道でゴトンゴトンと豊橋へ出て、そこから国鉄で亀山へ行き、紀州廻りで大阪へというノンキな行き方を考えています。そこいらへんで虎の子は尽きるので、あとは兄の後家さん任せです。

ついてはハチハチの畑中さんの負け金、払ってよね。

杉」

手紙の投函をよし子に頼んでから、杉は何となく返事を心待ちにしていた。その日から再び降り出した雪に閉じ込められて郵便の配達がなくなった。別に返事を要するような手紙ではないが、杉は毎日待っていた。

ある日雪がやみ、輝く晴天と一緒に手紙がきた。親父は持ち直した。なに、始めから危篤なんかじゃなかったのだという書き出しで、杉が関西へいくのなら自分も行こうかという気になった。大学時代の親友が大阪転勤になって頻《しき》りに寂しがっている。まだ出発していないようなら、豊橋か亀山で落ち合いたい。日と時間を報らせてほしい。出来たら速達で。

そういうぶっきらぼうな手紙だった。それを杉は何度も読み返した。

手紙が届いた日は村の中学校の学芸会の日だった。手伝いのよし子がクラスの英語劇に出るというので、杉は宿のおかみから誘われていた。朝、起きた時は雪に埋もれたこの谷に、山を越えてきた強い光が斜《はす》かいにさし込んでいて、間違いなく晴天の一日であることを思わせたが、杉は何となく億劫を感じて出かける気を失っていた。行くのを断るつもりでいたのだったが、朝食を片づけにきたおかみが持ってきた辰彦の手紙が、急に杉を行く気にさせた。田舎の中学の英語劇を見るのも面白いかもしれないと思うようになったのだった。

昼前、おかみと連れ立って谷を出ると、急にきた春めいた日射しにはや雪は柔らいでいて、山を背にした中学校は雪解けのぬかるみの中に建っていた。木造二階建ての校舎の中は、ぬかるみを渡って来た生徒や家族たちの泥靴で汚れ放題に汚れ、雑音の混る拡声器からひっきりなしにダミ声が流れている。久しぶりに味わう活気だった。

よし子の教室では何人かの生徒が見守る中で、こんな土地に、と驚くほどの美少女が若い男性教師に化粧をしてもらっている。彼女は劇の主役という様子だった。見守っている生徒の中によし子がいた。よし子は大柄で、顔も大きい。赧《あか》ら顔なので目立っている。おかみが持っている謄写版刷りのプログラムには三年B組「英語劇月光の曲」とあった。

「よし子は、英語なんかしゃべれるんかねぇ」

とおかみは半信半疑という口調だった。

講堂には床一面にゴザが敷いてある。後ろの方、ゴザが足りない分はむしろが敷かれている。見物人はそれぞれ膝掛けや座布団を用意していて、弁当を開いたり、一升瓶を膝の間に挟んでいる親爺もいる。よし子の三年B組は十分の休憩を挟んですぐに始まった。よし子は制服姿のまま下手から出てきて舞台に立ち、客席に向って一礼した。

「何の役ずら、よし子は」

とおかみが呟く。一礼したよし子は舞台の袖に立ててある演目台に歩み寄って、垂れているプログラムをめくった。

「月光の曲　三年B組」

と文字が現れ、よし子は一礼して退場した。パラパラと拍手が起った。つられたようにおかみも手を叩いた。拍手はよし子に向ってでなく、これから始まる劇の登場人物に対して送られたものだったが、おかみはよし子に向って手を叩いたのだった。あの先生は依怙ひいきするのでよくない、とおかみは杉にいった。教室で化粧してもらっていた美少女のことですかと杉がいうと、おかみはあの子の母親は伊那町で芸者をしていたのだといった。

舞台の中央にだぶだぶのズボンに黒いとっくりセーターを着て髪を不細工に縮らせた少年が出てきて、ふと立ち止り、流れてきているピアノの音色に耳を傾けている様子を作った。その右手に部屋を意味するらしい仕切りがあって、あの美少女がピアノに向っている。ピアノがやみ、美少女が立ち上って高いきれいな声で叫んだ。

「この曲は何というよい曲なんだろう。私には弾けないわ」

というような意味の英語である。それを聞いて、立っていた少年は仕切りの中に入って、いった。

「私は音楽家です。素晴しいピアノの音色を聞いて、つい入ってしまいました」

それがベートーベンらしい。彼は驚いて立ち上った少女に向ってへんに恭々しく一礼して、

「私に一曲ひかせて下さい」という。

「まことに粗末なピアノです。それに楽譜もありません」

その返事にベートーベンは、「えッ」と驚いて少女の顔を見つめ、ショックを受けたという格好をして、

「あなたは！」と絶句する。

「目が見えないのです」と悲しそうにいう少女。

そんな英語のやりとりの後、ベートーベンはピアノに向って坐った。舞台は暗くなり、月の光を象徴する青い照明がピアノとベートーベンを照らす。舞台奥から流れてくるムーンライトソナタに合せて、男子生徒はもじゃもじゃ頭を傾けたり振ったりして鍵盤の上で両手を動かしている。立ちすくんで聞き入っている少女の姿は可憐だ。ベートーベンは弾き終り、少女に向って一礼し、「グッドバイ」といって下手へ入った。

客席は静かに次の展開を待っていたが、そのまま何も起らないので、自信なげな拍手がパラパラと起った。

「帰るかなぇ」

とおかみがいうので杉は同意した。立ち上りながらふと目をやると、よし子が出て来てプログラムをめくっていた。

その一日は杉には久しぶりの楽しい日だった。おかみは「出る出るっていうもんで、

劇に出るかと思ってたら、めくり役じゃあしょうがねえ」と不満気にいっているが、その不機嫌を杉は面白く感じる。あの美少女の母親は伊那町で芸者をしている時、前の村長の想い者になった。村長の息子は役場の戸籍係だったが、父親の女に横恋慕してすったもんだがあった……語るうちにおかみはだんだんに気分が乗ってきて、

「そりゃ女の方だって、じいさまより若い方がいいさあ」

と寸感を挟み、すったもんだの揚句、子供が出来たので息子と結婚したのだ、といい、

「けどね」と声を潜めた。

「わしゃあ、ここだけの話だけど、あの娘はじさまのタネと睨んでるんのよ」

「村長は美男子だったんですか」

「そう、そりゃいい男だったぜ。村の女衆がみんな票を入れたに。口はうまいし……手は早いし……息子の方は気はいいんだけどペンギンに服着せたみたいな男で……」

杉は笑った。そんな下世話な話が今日の杉には面白い。久しぶりで人間の息吹に触れたようだった。笑っている杉を見て、

「毎日部屋に籠って勉強ばかりしてると、こんなことでも気晴しになるかねえ」

とおかみはいった。

翌日、辰彦から追いかけて念押しの速達がきた。杉の気持は弾んだ。四日後に亀山発十時二十分の三等車で落ち合うことになった。

二月ももう終り近かった。宿を発つ時、よし子がバス停まで送ってきた。宿のまわり

はぬかるんで、バス道へ上っていく斜面の雪は堆《うずたか》く積ったまま、強い日射しにキラキラ光っていた。バスを待つ間に杉は五百円札を紙に包んでよし子に渡した。よし子の平べったい赧ら顔いっぱいに、みるみる笑みが浮立つように広がり、口の中で「すみませんです」といった。

バスが来て杉が乗ると、よし子は深々とお辞儀をして、

「さようなら」

といった。

第三章

1

伊那町からの飯田線が天龍川に沿って南へ向って下っていくにつれて、窓外の山々は雪を消して優しく丸みを帯びていく。そこはもうすっかり春だった。

豊橋で東海道線に乗り替え、亀山に着いたのは日の暮れ方だった。手頃な旅館を探すともなく街道を歩いているうちに夕闇が迫ってきて、薄墨を流したような城跡に行き着いた。亀山城趾《じょうし》と書かれている立札の前に僅かに礎石らしいものと石垣の残骸が残っていて、その上に白い細い夕月が懸っていた。あたりに人影はなく、城跡を下りると、杖を曳いた盲目らしい男が影法師のように過ぎて行った。

杉が肩に担いでいるのは、家を出た時の、端切を縫い合せた手製の袋である。あの時のままで、大きくもなっていないし、小さくもなっていない。五十日間着通した緑色のトックリセーターは毳立《けばだ》ってたるんでいる。防寒と防雨を兼ねているギャバジンの黒いレインコートは雪道を散々歩いた靴ほどには傷んでいないが、伸び放題に伸びた頭髪を無雑作にかき上げて毛先をあり合せの紐で括っている風態は、誰の目にも懐《ふところ》淋しい女の一人旅に見えたことだろう。宿泊させてくれる旅館はなかなか見つからないのではないかと思いながらも杉は、春の宵を楽しむように暢気《のんき》に歩いていた。

軒の低い小暗い町並を行くと、黄色い灯《とも》を灯した行燈型の軒燈が目についた。ひっそりと目立たない格子戸が黒板塀の端にあった。杉は迷わず入って行った。石畳を二間ばかり歩いて突き当りの玄関のガラス障子を開けた。その軽やかな音をまるで待っていたように中年女が出て来て膝を着いた。ここは料亭ですか、旅館ですか、と杉は訊いた。女は親しげに笑ってお泊りもお受けしております、と答えたので、杉はでは泊めて下さい、といった。

案内された部屋は思いのほか品のある落ちついた八畳だった。拭き込まれた黒檀の長机の前に大ぶりの紫八端《はったん》の座布団がある。杉はそこに坐りながら、思わず残り少なになった財布の中身を思った。それにしてもこの宿は杉のような風態の者をなぜ泊めたのだろうと不思議に思った。襖の外から「ごめん下さいまし」と声がかかって、さっきの女とは違う若い女中が宿帳を持ってきたので、杉は職業欄に「作家」と書いた。宿の主《あるじ》の心配を少しでも減らしたいという思いからだった。料理が運ばれてくるのを待つ間、作家らしく見せるために袋から原稿用紙とノートと万年筆をとり出して机の上に置いた。

やがて料理が運ばれてきた。一か月余り冷凍イカばかり食べつづけてきた杉には、思わず居ずまいを正してしまうような上品な料理だった。杉は勘定を気にすることも忘れて一気に平げた。あっという間に食べ終って、思わず溜息をついていた。

翌日朝、無事に勘定をすませ、女中に余分の心づけまで出して杉は宿を出た。美しい春の朝だった。杉は亀山発の紀勢東線の三等車で辰彦と待ち合せるのである。辰彦は前夜、東京発の夜汽車で来ることになっている。ゆっくり歩いて駅に入ると、既に大阪行きの汽車は入っていた。杉はまだ誰も乗っていない客車にすぐに乗り込んでプラットホームが見渡せる席に坐った。やがて二人、三人と乗客が増えてきた頃、杉が見つめているプラットホームの端に辰彦の姿が現れた。辰彦は遠くから杉に気がつき、ニヤニヤしながら近づいてきて窓の下に立って、

「よう！」

といった。

「ほんとに来たのね」

と杉はいった。

「そりゃ来るさ」といって辰彦は窓の下を離れて車室に入ってきた。杉は立ち上って、辰彦がスーツケースを網棚に乗せるのに手を貸した。

「お父さん、どうなの？」

「急にどうってことはなかったのさ」

「でもよく出て来られたわね。叱られたでしょう？」

「諦めてるんだろ。馴れたのさ」

と辰彦はいった。それから彼は天野は時々杉の母のところへ行って杉の強気と、我儘は作家には必要な素質であるから怒らずに見守っているしかない、彼女は必ず大成します、などといって母をなだめ、今ではすっかり気に入られているらしいと伝えた。杉は天野さんのあの、モソモソした不器用なしゃべり方には、妙な力があるのね、と笑った。天野は杉が東京に戻った時はアパートを借りて就職し、自立した方がいいと思うと進言し、母の同意を得た。就職先は庄田に心当りがあるといっている。杉が帰る気になったらいつでも帰れる状況は作ってあるから心配するな、という伝言だった。

「ずいぶん早手廻しね」

と他人《ひと》ごとのように杉はいった。

紀州の春の中を汽車は暢気に走っていた。夜行で来た辰彦はまどろみ、杉は三等車の振動に快く馴染んでいた。厳冬の信州の尖った白い山ばかり見てきた杉には、紀州の山々はみな優しい丸みを帯びていて心がなごむ。野には菜の花や蓮華が広がり、手を休め腰を伸ばして汽車を見送る農婦の姿はいかにも春らしくのどかだった。

そのうち汽車はスピードをゆるめて尾鷲《おわせ》駅に停車し、車内アナウンスが聞えた。乗客はそこで一旦下車し、紀伊木本駅というところまでバスで山越えをするということらしかった。

バスは満席だった。紀勢本線は再びそこから大阪へ向うのである。

尾鷲の町を外れて山道にさしかかると、「珍らしいな、今頃、雪や」という乗客の声がした。左右に迫る山肌に雪片がちらちらしていた。「あんなにいい天気だったのに」という声も聞えた。雪はバスが登るにつれて牡丹雪に変り、進むほどに数が増えていく。バスは喘《あえ》ぐようになった。少し進んでは止り、ジリジリ下っては気をとり直したようにエンジンをふかして喘いだ。道は愈々《いよいよ》嶮しくなり、あっという間に地面も樹々も真白に雪を被っていた。

ついにバスは停車した。運転手が立ち上り、これ以上乗客を乗せたままでは登ることが出来ない。各自荷物を持って峠まで歩いてもらいたい。身が軽くなればバスは何とか峠まで行きつけるから、そこで待っている。その後は下りだから、紀伊木本には行き着けるので安心してほしいといった。誰一人、異議を唱える者はいなかった。皆無言で荷物を持ってバスを降りた。灰色の残切《のこりぎれ》のように大きな牡丹雪が隙間もなく舞い落ちて、みるみる乗客たちの頭も肩も雪を被った。一人として声を上げる者もなく、まるで兵士の行軍のように黙りこくった列がつづいていた。その傍《わき》を身軽になったバスが勢をつけて走り抜けて行った。雪はまるで上からも下からも噴き出してくるようだった。辰彦と杉は縦一列のしんがりを歩いていた。進むにつれて前との間隔が開いていく。辰彦の足は一歩踏み出しては半歩退《しさ》った。前に出した右足の次に踏み出すべき左足に力が入らずに萎えて後退する。

杉は何度か立ち止って辰彦を待った。前との間隔は目に見えて開いていく。辰彦は前かがみに顔を深く俯けて必死で進もうとしていた。

という杉の声に、前かがみの姿勢で上目遣いに杉を見た目は充血し、自嘲が光ってい た。その光の中に意識していない訴えが悲しそうに沈んでいた。

「さあ……」

と杉は大声でいって手を伸ばした。

「寄越しなさい、私が引っぱるから」

杉は袋の中から寝巻用に持ってきていた腰紐をとり出し、それを辰彦のスーツケース の胴に巻きつけ、先を手首にぐるぐる巻きにした。

「こうして雪の上をすべらせればいいのよ」

袋を肩に担ぎ、手首に巻いた紐を引っぱって歩き出した。

「すまない……大丈夫か」

辰彦がいうのに返事もせずに、雪を踏みしめて前へ前へと進んだ。まるで雲の幕に向 って進んでいるようだった。前を行く人の姿はもう見えない。下手をするとバスに置い て行かれるかもしれなかった。

バスは雪の峠で二人を待っていた。二人が辿り着くと待ちかねていたようにエンジン がふかされた。お待たせしてごめんなさい、と杉はバスの中に向っていったが、運転手 も乗客も沈黙していた。怖ろしいような静寂を乗せてバスは動き出した。間もなく道は 下りにさしかかって、夢から醒めたように雪はやんだ。積雪の量は目に見えて減少し、紀伊木本の町は雪の気配もなく薄い夕陽の下に白々と乾いていた。

乗客の何人かの後から、辰彦と杉はバスの運転手が紹介した旅館に入った。図体の大きいままに古びた総二階の黒い木造建だった。案内されたのは十二畳ほどもある寒々とした部屋で、今夜はここしかないので、と女中はいった。どこでもいいです、と辰彦は疲れ果てた声でいった。杉も同感だった。部屋は一つでも別々でもどうでもよかった。殺風景な広い部屋の一隅に色褪せた金屏風が立っていて、丸い瀬戸火鉢がぽつんと置かれていた。女中が入れた十能の炭火に、辰彦と杉はものもいわずに手をかざした。

風呂に入り言葉少なに夕食をすませると、女中が二組の寝具を並べて敷いた。杉と辰彦は火鉢に手をかざしたまま、黙っていた。杉は女中が置いて行った炭取りを引き寄せて炭をつぎ足した。辰彦は右膝の上に左足を乗せた格好であぐらをかいて、左足の踵を凝視していた。踵はまん丸で、風呂に浸って薄赤く、赤ン坊のように清らかだった。それは生れてから一度も地面を踏んだことのない踵なのだった。

「こいつめ……」

辰彦は低く呟いた。右手をふり上げ拳固を作ってその踵を殴った。踵からつづいている土踏まずから趾《あしゆび》にかけてはヒビ割れた靴底のように灰色に固まっている。そこは古木の瘤《こぶ》のようでもあり、岩肌のようでもあった。本来踵が荷うべき役割を課せられたための刻苦が固まっていた。辰彦はその古木の瘤を殴りつけ、むずと摑んでねじ上げようとした。だが瘤は痛くもなく色も変らず形も変らず、古木のままだった。辰彦はそこに爪を立てた。

「よしなさいよ！」

杉は叱りつけるようにいうと、その手を叩いて撥《は》ねた。

「可哀そうじゃないのよ！」

声に怒りが籠っていた。

辰彦は手を止め、うなだれたまま動かなかった。

2

梅津玄へ藤田杉の手紙

先生。

今日、雪枝に誘われて、出不精の私が久しぶりで渋谷へ映画を見に行きました。お天気がとびきりよくて、庭の若葉を渡る五月の風がいかにも気持よさそうだったからでもあります。

古い名画を上映する小さな地下の映画館です。見たのはシャルル・ボワイエの「歴史は夜作られる」でした。雪枝は女学生の頃、ボワイエに熱を上げて、「歴史は夜作られる」を八回見たのです。ボワイエの眼はいつも潤んでいるのが「たまらんのよ」とよくいっていました。その度に私は「安《やす》やんの目ェかて潤んでる」といやがらせをいったものです。安やんというのは、私の家の近くを走っている汽車の線路の踏切番のじいさんでいつも涙を溜めていて、首にかけた汚い手拭で拭いていました。風が吹く日は特に涙が出るのでした。私は映画雑誌のゴシップ欄でボワイエの頭は本当は禿げているのだが、それをカツラでごま化しているのだという記事を読んで、雪枝をいやがらせては面白がっていました。あの頃は禿を隠せるような部分カツラなど、あり得ない時代でしたから、そんな話は嘘だという雪枝に私は、アメリカではそういう技術が発達しているのだといい張って、喧嘩になったこともありました。

雪枝はボワイエのほかに、クラーク・ゲーブルも好きでした。

「ボワイエとゲーブルと、どっちかを選べといわれたら、わたし、悩むわァ。どっちにしょ？」

と真剣でした。私は、

「誰が選べなんていう。選んでもイミがないわ！」

ニべもなくいうのでした。私はゲーブルのことを「ヒゲやん」と呼んでいました。

私はそんなことを思い出し、ああ、雪枝とも長いなあ……やっぱり無二の親友だなあ……とそれなりに感慨に浸っていましたが、雪枝はハンカチを握り締め、喰い入るように画面に見入っていて、ボワイエとジーン・アーサーが二人きりで夜通し踊りつづけるクンパルシータが始まると、もう泣きっ放しでした。

映画館を出ると私たちは昔、渋谷へ出ると必ず食べていた南京亭のラーメンを食べることにしました。今日は「懐旧の日」にしようといい合って、道玄坂界隈を歩き廻りましたが、南京亭は影も形もなくなっていました。散々歩き廻った後で裏通りのまた裏の横丁、というようなところに、水色のペンキが剝げかけて、昭和のたたずまいを残している腰高ガラス障子の店を選んで入りました。四、五人が坐れるカウンターの後ろに、小さなテーブルに向き合せに椅子があるだけの店で、そのテーブルには男客が二人ビールを飲んでいます。私たちはカウンターに腰かけました。雪枝は久しぶりで五目ラーメンを食べてみたいけれど、分量が多そうだから、普通のラーメンにするわといい、私も同意しました。前は五目ラーメンの上にギョーザとシューマイを食べたものやけどねえ、と雪枝はいい、私はラーメン一杯でも完食出来るかどうか自信がない、「年だねえ」といい合ったのでした。その時、後ろのテーブルから声が聞えました。

「あ、そうだ……あの男、死んだよ、あの詐欺師」

「死んだ？　誰だい？」

「ほら、いつも紙袋に手形入れて提げてたろ」

「ああ、あの男……」

私はふと面白さを感じて、聞き耳を立てました。

「あいつ、元は藤田杉の亭主だったってよ」

「藤田杉？　何だそいつは」

「小説家だ。奴は何かというと、藤田が藤田がって、別れた女房のことなのに、亭主面をするって兄貴がいってたよ」

「知らねえな」

そういって男はビールの追加を注文しました。

「思い出したよ。いつも機嫌のいい男だったろ？」

「そりゃ詐欺師だからな」

それから話題は変りました。

私は思わず雪枝に顔を向けました。出来てきたラーメンの器を引き寄せながら雪枝はむっとした顔になっていました。私は雪枝と目を合せて、お互いだけに通じるおかしさを交すつもりなのでした。そんな私の視線を雪枝は感じなかった筈はありません。なのに雪枝は何も聞えなかったかのようにうつむいて、ラーメンを箸で掬い上げ、フウフウ吹いて乱暴にすすりました。

「聞いた？」

私は小声で促しましたが雪枝は答えず、ラーメンの鉢に顔をうつむけて、たてつづけに麺をすすり上げている。あからさまに不機嫌を見せつけていました。男たちの会話にショックを受けたのか、それにもかかわらず私がケロリとして、むしろ面白がっている気配なのが気に障ったのか。

私はそれを察して黙ってラーメンを食べました。二人とも黙りこくったまま食べ終り、

「じゃ、出ようか？」

「ええ」

といって立ち上りました。出口の勘定台のところでいつものように私が財布を出そうとすると、

「いいよ！」

雪枝はいって自分の分をさっと台に置きました。女学生時代を思い出させるような、かたくなな、ぷっとふくれた顔になっていました。

「なに機嫌悪くしてるのよ！」

私はいうと、

「べつに」

と拗ねた子供のようにいうのでした。黙りこくって駅の方へ歩いていると、たまりかねたように雪枝はいいました。

「あんたは何ともないの？」

「何が？」

と私は訊き返しましたが、そのまま二人とも何もいわず、駅のターミナルに出てしまいました。私はそこからバスに乗り、雪枝は私鉄に乗るのです。雪枝が、

「じゃ、さよなら」

といったので私も「さよなら」といって別れました。

私はバスに乗り、老人優先席に坐りました。ふと先生を思い出しました。この話をしたら先生は何と仰言るかしら。多分お笑いになるだけでしょう。それだけのことで特に感想をいうほどのことではないのだと思います。

でも私は雪枝があからさまに見せた仏頂面を面白く感じたのでした。雪枝がそこまで辰彦に傾倒していたとは……傾倒というよりもっと親身な、もしかしたら恋愛感情に近いものを持っていたのかもしれないと気がつきました。しかしよく考えてみると、長い間の友達としてはここで面白くない気持が湧くのは当然のことで、それが湧かないばかりか、却って面白がっている私の気配を知ると、許せなくなってしまうのが人としての自然の情というものですね？

バスに揺られながら、私はそう思いました。思い返してみるとその時、私は何の疑いもなく雪枝とこの話の何ともいえないおかしさを共有出来るものと思いこんでいて、お互いだけに通じるおかしさを交すつもりで雪枝に顔を向けて彼女の反応を待っていました。私の目にはそれを待ち受ける笑いの影が、もう浮かんでいたことでしょう。でも雪枝が目を向けません。それでつい私は、

「聞いた？」

と催促したのです。女学生のように。

私は雪枝をナメていました。

手形の束を入れた紙袋を提げて、ニコニコ顔でやってくる男。名前を知らなくても「あの詐欺師」で通る男。アッケラカンとしていつも跛を引いている明るい男。

そう、彼はいつだって悪びれずアッケラカンとしていました。それで人はみな、何となしに気らくな気分になって、リラックスして心を許してしまうのです。そして騙される。

彼の中で騙したという意識はどういう形で納まるのでしょう？　あのアッケラカンは擬態なのか、いつか習性として身についてしまったものか、あるいはもともとの本質が花開いた(！)ものか、そんな自分をどう思っているのでしょう？　人に損害を与えたことをどう感じているのか、苛責や惨めさはないのでしょうか？

それは私がずーっと思ってきたことです。先生に一度か二度、このことを申し上げたことがあったと思います。当時は先生も明確にお答えになれませんでした。

「杉さんの気持はよくわかるがね」

と仰言り、後を待ちましたが、それきりになりました。

その頃から何年も経って、私の知らないところで彼は明るい詐欺師になっていたのです。私は思わず笑ってしまいます。

明るい詐欺師！

面白いですよね？　小説になります。こういう男を書くとまさに藤田杉の独壇場だね、といわれる作品を書きたいと思ったりしてしまいます。

雪枝が怒るのもムリはないか……と思います。でもそう思ってしまうのだからしようがない。彼が明るい詐欺師になったように、藤田杉も人の悪い小説家になったのです。

3

何ごともなかったように、辰彦と杉は大阪へ向う汽車の中にいた。空は晴れ渡って昨日の出来ごとは夢のようだった。薄い雲が一布たな引いたまま動かない。うららかな日射しがゆるやかに過ぎて行く山や野や畑や海を包んでいる。

「嘘みたいというのはこのことね」

独り言のように杉はいった。

「陳腐な表現にはそれなりに実感があるものだわね」

辰彦は黙って蜜柑を食べていた。筋を取らないで袋ごと口にほうり込むのを見ていった。

「駄目よ、筋をちゃんと取って、袋は出すのよ」

「お袋と同じことをいうんだな」

辰彦はいった。大阪では杉は市内にいる兄嫁の所へ行き、辰彦は大学時代の友人の奈《な》良林《らばやし》に会う予定である。その後のことは成りゆきで連絡し合って決めることにしていた。

夕刻近く汽車は大阪に着いた。二人は「じゃあね」といい合って別れた。雪の峠でのことについて杉は触れなかった。辰彦は謝罪もせず礼もいわなかった。その後の長いつき合いの中で、二人の間で雪の峠の話は一度も出たことがない。

駅の構内で辰彦と杉は別れた。辰彦は電話ボックスに入って奈良林に連絡を取った。奈良林は駅に近いビルの中にある商事会社に勤めている。辰彦は電話ボックスのガラス越しに、汚れた布袋を肩に担いで男のような大股で雑踏を行く後姿を目で追いながら、奈良林が教えるコーヒー店への道順を聞いていた。

　その夜、辰彦は奈良林が下宿している伯母の家の二階で、集って来た友人たちと麻雀をして過した。翌日は日曜日だというので麻雀は明け方までつづき、仮眠の後でまた始めた。日曜日の夕刻になって階段下の電話が鳴り、伯母の声が辰彦の名を呼んだ。電話に出るまでもなく親父だな、と思った。今度は愈々《いよいよ》だという気がした。電話に出るとその通りだった。伸介の怒ったような声が、

「なにやってんだ、親父が愈々だ」

　といった。夜行で東京へ向うことにした。杉がいる義姉の家へ電話を入れると杉は出かけていていなかった。あらましを伝えて電話を切ろうとした時、杉が帰って来て電話口に出た。

「帰るんだって？」

　いきなりいった。

「うん、親父……今度は本当に駄目だと思うんだ」

「そう」

杉はいった。そのいい方は辰彦には素気《そっけ》なく聞え、

「君はどうするの？」

と訊いた。

「淡路島へ行こうって話になってるのよ。都留子《つるこ》の別荘があるものだから……雪枝も呼んでるところ……」

「そうか、じゃあ当分はそこにいるんだね」

「と思うけど、すべては成り行きよ」

杉は笑い声を立てた。久しぶりに昔の友達と会って、その楽しさに気持を奪われているような笑い声だった。辰彦は何となく気落ちして、

「元気でな」

といって、電話を切った。

翌日の昼前、辰彦は家に帰った。内玄関から真直に病室へ行き、父を覗き込んで、

「お父さん」

と呼んだが、父は答えなかった。そして二日後、清造は息を引き取った。せめて意識のあるうちに帰ってくればよかったのに、という声が聞えた。いや、もう辰ちゃんのこ

とは諦めていただろう、という男の声も聞えた。

訃報を知った人々が集って来た。広い邸はどの部屋も人でいっぱいだった。実業界を背負って立つ人物や政治家や数多い関係会社の経営者たち、清造に恩義を受けた者や親戚、出入の商人、昔の雇人たちが庭先にまで溢れた。伸介や辰彦や富子の自室も初めて会うような遠い親戚に占領された。清造は立志伝中の人であり、事業の成功者としては稀有といわれるほど清廉で篤実な人物として、尊敬され慕われていたのである。

「とにかく堅いの堅くないのって、石橋を叩いて、その真中を行くというお方でした」

「優しいかと思えば厳しい人でした。志操堅固といいますかね、曲ったことは絶対、許しませんでした。事業の目的は世の為人の為に尽すことだ、儲けを第一にしてはいかんといつも仰言ってましたね」

「子供には贅沢をさせてはならないというお考えでしたね。奥さまの方はお金遣いにしまりのない方でしたけれど、旦那さまはそれはご質素で」

「仲介さんがよく似ておられる。今に立派な後継者になられますよ。富子さんも向学心に富んだなかなかのしっかり者ですし」

「富子さんが大学へ進みたいと仰言った時もなかなかお許しが出ず、最後にそれでは料理や掃除洗濯、女として弁《わきま》えておくべきことをすべてやりながらなら許す、ということになって……女中が三人もいるのに、ですよ。富子さんもおえらいですよ。ご自分のことは一切、人にさせず、お料理の腕も確かで、それでいて英語もフランス語もペラペラなんですから……」

「でも……辰彦さんにだけは……別でした」

「だからあんなになっちゃったんですよ」

「やっぱり、おみ足のことがあるから……可哀そうが先に立ったんでしょうかねえ……」

辰彦は納戸の中の、積み重なっている調度品の間に膝を抱えて台所からのそんな声を聞いていた。

——可哀そうが先に立ったんでしょうかねえ……の一言が胸にこたえていた。

葬儀がすむと辰彦は解き放たれた鳥のように渋谷へ出た。まずパチンコ屋へ行き、それから天野とライオンで落ち合った。

「最期に間に合ったのか？」

顔を見るなり天野はいった。

「帰って二日だ。だが意識はなかった」

「話は出来ずか？」

「ああ」

辰彦は短く答えた。

「どこをうろついてたんだ」

「紀伊半島を廻って大阪へ出て、奈良林って奴の下宿で徹マンやってたんだ。そこへ電話がきたのさ」

「お杉さんはどうしたんだ」

「彼女は友達と淡路島へ行くっていってた。淡路に友達の別荘があるらしいんだ」

「ふーん……どこまでも暢気な奴だなあ」

「帰るに帰れないんだろ」

「それにしてもさ。そろそろ金もなくなる頃だろう」

「だろうね」

「彼女とはどこで別れたんだい」

「大阪駅だよ」

「それっきりか」

「そうだ」

辰彦は言葉少なだった。

辰彦は杉に恥部を晒したのだった。杉に見せてしまった醜態の傷は彼の中でカサブタになっていた。早いうちにあのことを話題にして謝るなり礼をいうなりして剥いてしまえばよかったのだ。だが彼はそれに触ろうとしなかったので傷口の血は固まってしまった。何でもいいたいことはすぐに口に出す杉なのに、彼女も一切触れようとしなかった。

あの日の降りしきる雪のもの凄ささえ彼も杉も話題にしない。それはそれほど辰彦は「みっともなかった」ということの証左だ。それを彼は天野にもいえない。そしてカサブタをいっそう固めた。

暫《しばら》くの間、辰彦と天野は口を噤《つぐ》んで、流れているシベリウスのバイオリン協奏曲を聞くともなしに聞いていた。

「この曲、お杉さんがおふくろさんと喧嘩してオン出てきた時さ、ひとまずここへ来たのさ。その時もこの曲を聞いたよ。この席だ」

天野は辰彦の顔に改めて目を当てた。

「で……どうだったんだ」

「何がだ」

「お杉さんとさ、やったのか？」

「ええ？」

辰彦はいった。

「彼女と？　やんないよ。やれるわけないだろ」

「そりゃそうだよ。ナミの女じゃないからな」

「そうだよ」

といって辰彦は笑った。天野も笑いながら、煙草に火をつけ、

「で、どうした？」

「何がだよ……」

「ムラムラしたろ？」

「うん、ちょっとな。炬燵《こたつ》でハチハチやってて、彼女がボロボロに負けた時さ、チクショウ、っていってさ。どたんと仰向けになって、そのままゴロゴロしてるんだ……」

「その時か、ムラッときた……」

「きた」

と辰彦はいった。嬉しそうに天野は笑った。

「だが我慢したんだな」

そういって、もう一度笑った。

その夜、辰彦と天野は女を求めて二丁目へ行った。天野は辰彦にオレの分も金はあるかといい、親父の香典をくすねたのがあると聞いて、多分そうだろうと思ってたよ、といった。二丁目へ行く前に天野はパチンコ屋に入った。そこで菓子などの景品を取って娼婦への土産にするのがいつもの彼の手段だった。金さえ払やいいってもんじゃないんだ、ああいう所の女はちょっとした心遣いを喜ぶものなんだよ、女を物として見てる奴ばっかり相手にしてるからね、情に渇《かつ》えてるからね、と天野は辰彦に教えた。景品のクッキーの箱を渡し、

「あしらいが違うぞ」

といった。

辰彦はクッキーの箱を持って、前に交渉のあった女の部屋へ行った。交渉があったといっても名前も聞かず、聞いたかもしれないが憶えていない。辰彦がクッキーをさし出すと、女は格別嬉しそうな様子も見せず、

「なあに？　クッキー？　サンキュー」

そういってひょいとテレビの上に置いて、

「あんた、前にも来たわね」

といった。

「よく憶えてるね」

少し気をよくして辰彦がいうと、

「あんたの靴、変ってっからね」

と女はいった。

桜が散り終った頃、杉は東京へ帰って来た。プラットホームに天野と辰彦が迎えていた。杉の黒いギャバジンのレインコートに端切を接ぎ合せた布袋を肩にした格好は、凍てつく年の暮、夜汽車で新宿を発った時と全く同じだった。その同じ姿がこの都会に春がきた今は、ひどく暑苦しく、むさ苦しく見えた。杉は日焼けし、太って丸い顔になって化粧気もなくニコニコしながらタラップを降りてきた。黒いレインコートは何となく埃《ほこり》っぽくハリを失い、布袋は色褪せくたびれ果てて見るも情けない姿になっている。

「とうとう帰って来たか」

と天野は笑いながら迎えた。辰彦は、

「よう……」

といった。

「なんだ、まん丸になっちゃったじゃないか」

「エヘヘ」

と杉は照れ笑いをした。

三人は渋谷へ出てラーメンを食べた。天野は杉の母には今夜帰ってくることを伝えてある、母は杉の我儘《わがまま》は藤田家の血統であるから怒ってもしようがない、もう諦めたといっていたと報告した。

「だから今夜は、とにかく家へ帰れよ」

「うん、そうする……」

子供のように杉は答えた。

杉は天野につき添われて母の家へ向った。母の家の玄関に錠前は下りていなかった。杉はガラス障子を開けて框《かまち》を上り、廊下を通って茶の間の襖を開け、何食わぬ顔で、

「ただいま」

といった。炬燵に入っていた母は顔を向け、口もとに苦笑いを浮かべて、

「しようがないねえ」

といった。

「なんだ、まだ炬燵してるの」

杉はいって炬燵に入る。天野はそれにつづいた。

「だって夜はまだ冷えるんだよ」

母はいい、改めて天野に礼をいった。それから後ろの茶箪笥から用意しておいたカステラを出し、お茶を淹れた。杉と天野はカステラを食べ、お茶を飲んだ。

「ああ、おいし……」

溜息をつくように杉はいった。

「やっぱり、うちのお茶はおいしい……」

それで仲直りはすんだのだった。

4

梅津玄へ藤田杉の手紙

初めて先生にお目にかかった時、まず感じたことは「いかめしい方」という緊張感でした。川添卓次《かわぞえたくじ》さんから行こう行こうと誘われて、こわごわ伺ったのです。先生のいかめしさは権威に漂ういかめしさではなく、「精神のいかめしさ」というようなものでした。先生には全く「隙」というものがありませんでした。私はそう感じました。これはコワイ人だと思いました。先生は私に向いて、私はコチコチに固くなっていましたが、その緊張は間もなく解けました。

「藤田さんのその着物はいいね」

と言葉をかけて下さいました。

「帯もいい。着物との調和がいい……」

先生は私の緊張をほぐしてやろうとお思いになったのでしょう。実際に緊張は少し解けました。でも私は不器用に、

「そうでしょうか」

といっただけでした。

川添さんは先生に馴染んで、すっかり打ちとけていました。私とは違って川添さんはいわゆる「同人雑誌作家」ではなく、何度か文学賞の候補に上り、年に二度か三度、商業誌に作品が掲載されていました。けれども広く文才を認められているというわけではなく、私たちが立ち上げた同人雑誌に同人として作品を発表するほど無名ではなく、といって作家を職業にするにはそれほどチャンスが与えられていないという、いうなら文壇予備軍というか、発展途上国というか、そんなところにいました。川添さんが私たちの仲間になったのは、そんな中途半端な立位置に所在なさを感じていたからかもしれま

せん。

「オレは特別、高邁な文学精神を持ってるわけじゃないんでね」

というのが口癖でした。

川添さんはつまらない冗談をいうのが好きな人でした。あまりにくだらないので先生の前で私はハラハラするのでしたが、そんな時先生は苦笑なさるだけで、その苦笑に私は先生の川添さんへの大きな愛情を垣間見る思いがしたものです。先生は早くから川添さんの才能に目を止めて文芸誌の「新人評」に取り上げて激励なさいました。私たちが川添さんに一目置いていたのは、批評眼の適確な「梅津玄《うめづげん》が激賞した」ためであって、川添さんの作品や人柄を認めてのことではありませんでした。

でも先生は川添さんにはずいぶんツケツケとものをいわれました。私たち（評論の生《お》沼慎一《ぬましんいち》や辰彦や私）が先生の前でお互いに勝手な文学論争を始めたりした時など、先生は黙って聞いていてから川添さんに向って仰言いました。

「君に駄目なところがあるとしたら、そこなんだよ」と。

「ハ？」

川添さんは独特のあの雉《きじ》のような丸い目をキョロキョロさせて、

「駄目か……うーん、そうかなあ……」

というのでした。

「君は女が好きなだけで、女を愛するということがないんだ。愛されたいと思ったこともないんじゃないか。君の小説にはその欠点が出ているんだよ」

——そういわれてもなあ、自分じゃわからないんでねえ……とボヤいている。そんな川添さんを置き去りにして話題は移っていくのですが、突然川添さんは前後を考えずに、割り込んできます。

「そういわれれば、オレは女から愛されたいなんて思ったことはなかったかもしれないなあ……」

私たちは口を噤《つぐ》んで川添さんを見ます。私たちが別の話に興じている間、彼はさっき先生にいわれたことを考えていたのです。そんな川添さんを私は「可愛い人だ」と思えるのでした。「軽く見ながら」です。

「ヤレればいいと思ってるんだな、オレは。ヤレればシメタと思う……ふられれば「仕方ないと思って、次を探す……」

思わず先生の前であることも忘れて私はいつもの馴れ馴れしさでいってしまい、先生から、

「杉さんもいいにくいことをいうねえ……」

と驚いたように(新しい発見のように)、いわれてしまいました。こうして私は緊張が解けるに従って、不用心に「正体」を晒《さら》け出してしまいました。

川添さんは先生の口真似が上手でした。

「川添君、君に直言したいがね」

と、先生の声色を使う時は必ずそこから始まります。

「君は女が好きなだけで、女を愛するということがないんだ。愛されたいと思ったこともないんじゃないか……」

あまりにうまいので私は笑い転げてしまいます。

「梅津さんのいうことは正しいよ。いつだって正しいよ。だがあの正しさがオレにはどうも気に入らないんだよなあ。あの人はあれでなかなか自分が気に入ってる。まず自分の美意識というものが気に入っている。顔もだ。フランス人に似てると思ってるんだ。ネクタイの選びようまで気に入ってる……」

川添さんは先生から、「君、駄目だね、そのネクタイは」などといわれていました。

「そうですか……ダメかな？　そうかな……」

と首を捻ったりしていましたが、私と違って心の中では決して先生の美意識に慴伏《しょうふく》しているわけではなかったのです。

「一寸の虫にも五分の魂」なんて、私はいっておりました。そこが川添さんを川添卓次たらしめているところだわ、などと。

今日は久しぶりの上天気で、陰気な長雨にくさくさしていた後でしたから、とり散らかっている机の周りを片づけたり拭いたりしているうちに、袖机の下に松崎煎餅の四角い箱を見つけました。いつそこに置いたのか、何が入っているのか思い出せないまま、開けてみると先生からいただいた手紙の束が入っていました。全部で三十通近くあります。どれも分の厚いもので、桜の花があしらってある当時の十円切手が一枚貼ってある手紙は稀で、たいてい二枚です。三枚のもあります。その中から比較的厚みのないものを選んで読みました。

「暫《しば》くお会いしていませんがお元気ですか。

今日『文學界』の杉村《すぎむら》君が来て、いろいろ話をしているうち、あなたの『ねこ』という作品を彼が感心しないので返したということをはじめて聞き、あまりに意外なので驚き、それでこの手紙を書く次第です。

『バカだな、君は』と杉村君にぼくの考えを話したら『なるほど、そう言われればそうですね』とそれでもまだ半信半疑のような顔をしていましたが、全く呆れたものです。

あの『ねこ』という小説の原稿をあなたから頼まれて読んだ時、ぼくは感心したのです。第一のよさは作者の理念や思想が、『かよ子』という女の中に結晶化されている点です。あの特異な一女性を描くことが、そのまま作者のある理念の肉化になっているという点です。

『ねこ』（どうして猫とお書きにならないのですか？　こんな漢字制限に盲従するのはあなたらしくありませんね）もよく描けています。特にその猫がそっと部屋の中に入ってゆく、最後のところなどは、よく利いています。

第二のよさは『私』という人物とかよ子との対比がかなり利いている点です。しかしこれはかなりの程度で、これがもっとよく利いていたら、この作品はあなたの中での最高の作品になったでしょう。『私』をあれ以上たくさん書く必要は絶対にありませんが、かよ子と『私』とがどんなに違うかをもっと鋭く、冷たく描き込んでいたら、この作品の効果はもっと上っていた筈です。あなたにそれが書けないわけはありません。その点での、作品にとっかかる際の、一種の配慮があなたには足らなかったのだと思います……」

読んでいるうちに思い出されてきました。

このお手紙を読んで私は嬉しいというよりも当惑したのでした。なぜならこの「ねこ」は辰彦から「あんまり感心しないね」といわれていたのでした。その頃私は辰彦が「いい」といったものは誰がけなそうと「いい」と思っていましたし、「よくない」といわれると本当に「よくない」のだと思っていました。私には自分の書いた小説がいいのかよくないのかわかりませんでした。辰彦の判断が私にとって唯一無二のものだったのです。私には自負心も判断力も育っていませんでした。畑中辰彦への盲信の中にいました。

先生のお手紙を私は辰彦に見せました。すると辰彦はこういいました。

「梅津さんらしい手紙だね。あの人は常に真摯なんだねえ」

上から見下ろしているいい方でした。彼はえらそうに笑っていました。それ以上に

「ねこ」については何もいいませんでした。特にいうこともない、というふうでした。

彼はいつからそんな自信家になっていたのでしょう？

「ただこの作品を読んで一つ気がついたことがあります。それはあなたにはまだペシミスムが足らないということです。アベル・ボナールが『友情論』の中で書いている『心は暖かく頭は冷酷に』という言葉を借りれば、心の暖かさはあなたには充分に備わっていますが、頭の残酷さがまだ足らないのです。他人を見る意地悪さもまだ不充分ですが、自分自身を見る意地悪さが足りません。生活の中でも書く上でも、その点を意識して努力したら、申し分のない作家になるでしょう」

「ねこ」がいい作品だったか、そうでないのか、わからないままです。いいか悪いか、そんなことはどうでもいい。梅津玄は「主観の強すぎる人」「ドグマの人」であろうとなかろうとそんなこともどうでもいい。畑中辰彦への盲信にゆらぎが生れたのはこの時だったような気がします。

先生は私だけでなく、川添さんにも沢山のお手紙を書いておられます。川添さんはこんなふうにいっていました。梅津さんは手紙を書くのが好きなんだなあ。注文小説を書くだけでも忙しいのに、その上に他人《ひと》の小説を読んでわざわざ注文つける気がよくするものだ。オレは手紙なんか生れてこの方、書いた覚えがないね、と。先生はあなたの才能に期待してるのよ。あなたが先生のところに出入りしている以上、ほうっておけないというお気持なのよ、と私がいうと川添さんは、だからさ、返事を書く代りにオレは電話をかけていってるよ。「よくわかりました」って。だってそういうよりしようがないだろう。何もかも梅津さんのいう通りなんだからさ。その通りなんだけど、だからどうすればいいのか、オレにゃわからねえんだよなあ……というのでした。

先生からのお手紙はこれ以上、もう読み返せません。先生の私たちへの純粋な愛情に接すると辛くなります。もう二度と、誰からもかけてもらえない愛情です。なのに、あの時はそれがどんなに有難いものか、わかっていませんでした。

川添さんが生きていたら、この想いの辛さを話したい。彼は何というでしょう。彼らしい素直さで、

「そうか……悪いことしたなあ、梅津さんに」

というでしょうか。

「若かったんだよ、オレたちは」

というでしょうか。

私は松崎煎餅の箱に手紙を戻し、蓋を閉めて元の場所へ置きました。この一通のほかはもう読めません。

5

都電の二ノ橋停留所から間もなくの、細い坂道を南へ上った突き当りに新しく建った木造二階建のアパートを、天野が見つけてきた。北側は墓地で繁るに委せた雑木の向うに苔むした墓石が並んでいる。建物の中央にある玄関と管理人室の外に北側と南側に三部屋ずつ四畳半の部屋が通路を挟んで向き合っている。トイレは共同である。北側の部屋は墓地の雑木に接しているため、日当りも風通しも悪い。当然南向きの部屋よりも安いので、杉は迷わず北向きを選んだ。

五月の長雨が墓地の雑木を包んでいた。母の家から持ってきた小机と小ぶりの茶簞笥のほかは、三尺の押入に寝具と着替を入れた行李が入っているだけである。

天野と辰彦と庄田が代る代る顔を出した。彼らが来ると杉は電車通りの肉屋でメンチカツの安い方を買ってきた。庄田は一口食べて、「犬も食わねえよ」といったが、天野はそうでもないさ、といって庄田の分も食べた。

「文句いうんなら、たまには何か持っていらっしゃいよ！」

と杉はいった。そういう杉もそのメンチカツは食べられなかった。

杉は庄田の紹介で築地のセントルカ病院へ面接を受けに行った。面接した事務長から、得意なことは何かと訊かれて、何もないことに気がついた。仕方なく「何でもします」

と答えた。事務長は苦笑して、「ハイ、結構です、ご苦労さん」といった。採用の可否は追って連絡するということだった。駄目だろうね、多分、と杉はいった。紹介者がよくないよ、と天野がいい、辰彦も同意した。

庄田は今は保健所の用務員だが、その前はセントルカの手術場のオーダリーだった。戦地から還ってきて間もない頃のことで、彼には住居がなかった。親類や戦友だった男の家などを転々としていたが、どこも長くはいられず、病院には内証で手術室に寝泊りしていた。手術台の上で寝て、器具を消毒するガスを使って煮炊きをした。

クリスマスの夜、彼は大豆を鍋に仕込んでガスにかけ、それを忘れて近くの集会所で開かれている仮装ダンスパーティを覗きに行った。中に入って踊っているうちに手術場の大豆は焦げついた。黒煙が廊下に流れてきたのを夜勤の看護婦が気がついて、小火《ボヤ》ですんだが庄田はクビになった。

四面楚歌の中で一人だけ、庄田と仲がよかった庶務課長がいた。その課長に庄田は杉の就職を頼んだのだった。何とかしようと課長はいったが、そのまま返事は来ない。今は病院が改築中なので、一段落つけば事務の職員を増やす予定だという話だったからそれを待つしかなかった。

駄目なら駄目でもいい、と杉は思っていた。むしろ、駄目な方がいいとすら思っていた。組織で働くことを思うと気が重い。このままでも何とかなるさ、と根拠もなく思っていた。雨がやむと杉たちは渋谷へ出た。ライオンへ行き「大山道場」でパチンコをした。時々、映画も見た。家を出る時、母から貰った金が尽きる頃、病院から通知がきた。仕方ない、という気持で行くと、いきなり庶務課に配属された。仕事は過去数年にわたって放置されていた外来各科の受診者数の統計を取ることだった。事務室の奥のロッカーに乱雑に押し込まれていた伝票を、年別、月別に分けて外来の患者来院数を出す。それは一日中、算盤《そろばん》を弾いている仕事だった。

たった一週間で杉はいやになった。母の所へ愚痴をこぼしに行くと、居合せた姉は月給の額を問い、六千円という金額を聞いただけで、そんなのやめなさいやめなさい、といった。今は、一万二千円くらいの初任給が相場だ。その半額じゃないの、何を思ってそんな仕事をしている、私がほかにましなところを探してあげる、といった。

杉は月給の高についての知識がなかったためそんなものかと思っていただけだったから、姉が力説するのを聞いても、ふーん、そうか、と思うしかない。そんなことよりも杉にとっては、毎日決った時間に電車に乗り、決った時間に机の前に坐って仕事をし、決った時間に帰途につくという、その生活の耐え難さが問題なのだった。「小さな靴に入れられた足」の気持だった。大多数の人はこういうくり返しが苦痛ではないのか？ アパートに帰って食事ともいえないような気のない食事をすませると、銭湯へ行くのも面倒くさく、体力も気力も萎えて本を読む気さえなくなっている。それでいて読まなければ、書かなければという思いに絶えずつつかれているのだった。

けれども杉は算盤を弾いて過す七時間は、そう苦痛ではなかった。算盤を弾いていれば必ず結果が出る。そして伝票はみるみる片附いていく。それはそれなりに気持がよかった。頭を下げたまま、見向きもせず左手は伝票を繰り、右手は珠を弾く。その姿勢でいれば自分一人の世界に入っていられた。

そんな杉を庶務課長は稀に見る「仕事熱心」と評価して事務長に報告した。辞表を出そうか出すまいかとつおいつしている時、杉は事務長に呼ばれた。この病院では新しく「院内の整備」一切をとりしきる課を置くことになった。杉はその責任者にされたのである。院内整備というのは、院内の清掃や温度調節、備品や調度品の点検などの見廻りをして、相応の手当改善をはかる仕事である。アメリカの病院ではハウスキーピングという名目で古くから行われている。この病院でも戦前はハウスキーパーという名目で任命されている人がいたのだが、敗戦後の事情でその人が辞めた後、中断されたままになっていた。それを復活させることになったのだと事務長は説明した。

だが簡単にそういわれても、杉には何をどうすればいいのか皆目わからなかった。以前のハウスキーパーがいれば何とかなったかもしれないが、それよりもそういう仕事は杉の性分には合わなかった。算盤ならば我を忘れて集中出来るが、八方に気を配らなければならない性質の仕事である。私には出来ませんと杉はいったが、事務長は、なに出来るよ、試行錯誤しながらでいいんだ、古くからいる看護婦長なんかにアドバイスしてもらえばいい、といい加減だった。杉の下には男女十数人の雑役がいる。しかし今は雑役といってはいけない、院内整備係員といわなければいけないよ、まあ、当分は彼らの仕事ぶりを監督することぐらいから始めればいいよ、と事務長はいった。

杉の月給は六千円から一万円に上ったが、杉は嬉しくも何ともなかった。むしろこれで辞めるとはいい出せなくなったと思って困惑した。買い被られているのが居心地悪かった。母にそんな困惑を訴えに行くと、居合せた姉の香《かおり》は、

「けったいな人やねえ、あんた」

と言下にいった。杉がいなくなってから一人暮しになった母を案じて香は、高円寺から折にふれ様子を見に来ている。

「そんなもん、辞めたいのならさっさと辞めたらいい。いる気なら看護婦長さんなり何なり、古い人にいろいろ尋ねて勉強したらいい、それだけのことやないか。月給上げてもらったから悪いやなんて、そんなこと考える必要ない。あんたも妙なところあるねえ、いつも我儘勝手なくせに……」

「この子はわけがわからん子なのよ。気が強いのか弱いのか」

と母もいった。

「アパートに一人でいるからそんなになるんやわ。ここへ帰って来たらええやないの。意味のないことばっかりやってるよ、杉ちゃんは」

姉はいい、母は、

「そうしたければそうしたら。わたしはかまわないよ」

といった。

だが杉は辞めずにずるずるとつづけた。いやだいやだと思いながら、メモ用紙と鉛筆を手に、外来診療、待合室、各病棟、手術場、塵芥処理場を忙しそうに歩き廻った。病棟や各部所に一人ずつ決った清掃係がいる。その一人一人を嘲《ねぎら》ったり立話したり、病室の温度計を見て廻り患者の注文や苦情をメモしたりしていると、何となくハウスキーパーらしく見えるのだった。看護婦から清掃係への苦情を聞いても、謝ってそのまま聞き流しておけばそれですんだ。清掃係たちに評判がよかったのは、杉がいい加減な上司だったからである。連中はみな、藤田さんは、我々の気持をわかってくれる味方だ、といって喜んでいるそうだよ、と事務長は満足そうに杉に伝えた。杉は苦笑して、

「そうですか」

としかいえない。本当は掃除のし方なんかどうだっていい、たいしたことじゃないと思っているだけだった。清掃係の中には夫が病身で生活が困窮している中年女などもいて、気兼しいしい月給の前借を杉に頼んでくる。事務長の認可などの前借の手つづきの煩わしさに、杉は自分の金を貸した。

「藤田さんは何もせずに怠けてて、人気とりのためにお金を貸してうまくやってる」

という取沙汰が耳に入ることがあった。杉が無能な上にいい加減な働き方をしていることは、皆の目に少しずつ見えてきたのだ。特に総婦長の目は鋭く杉のやる気のなさを見抜き、杉を目の仇にした。杉のすることは病棟を歩く時の靴音まで文句の種になった。

「あなたを紹介した庄田さん。全くどうしようもない人だったねえ」

と彼女は杉にいった。庄田にかこつけて杉に反省を強いている。杉にはその気持はよくわかる。腹が立つのは当然で、立たない方がおかしいくらいだと思っていた。しかしだからといってやる気を出そうとは思わないのだった。男は甘い――。杉は事務長や院長のことをそう思うのだった。

五時になるとタイムレコーダーを押して病院を出る。一緒に帰る友達もなく杉は一人、日暮の街を行く。橋を渡る。橋の下を塵芥を浮かべた見るからに汚ならしい墨色の水が流れるともなく流れている。その両側に木造の低い家々の裏側が並んでいる。ひとところ鉛色に光る川面に夕焼雲が映っている。流れの向うの空を大きな太陽がゆっくり降りていく。太陽は都会の汚濁を吸って赤黒い。

――いったい、いつまでこうしてるんだろう……。

杉は思う。

――いつまでこうして、この橋からこの景色を眺めるのか……。

その前の日も杉はそうして橋の上で同じことを思ったことを思う。藤田杉が藤田杉でなくなったような。だからといってどうしたいというわけでもない。行く先がどこなのかわからない。呆然として杉は歩き出す。

それでも休日になると杉は元気を取り戻した。天野や庄田や辰彦と会うのだ。渋谷へ出てライオンでラフマニノフを聞く。パチンコにつき合い、映画を見、本屋で立ち読みをし、いつもの南京亭でラーメンを食べる。南京亭の女の子は彼らを見ると、注文も聞かずに一番安いモヤシラーメンを調理場へ通す。天野、庄田、辰彦の三人は杉の「はらから」だった。同じように金に乏しく、ぐうたらで目指す道は曖昧だった。描いている夢はとりとめもなくぼやけている。彼らは穴ぐらにより固まって、いつ来るともわからぬ春が来るのを漠然と待っている狸の一族のように、ひとつ穴にいることで安心しているのだった。

夜が更け、金もなくなり、漸《ようや》くそれぞれの塒《ねぐら》へ帰る気になる。天野と庄田と辰彦は必ず都電乗場の安全地帯まで杉を見送る。

「それじゃ……」「気ィつけてな」と男たちはいい、

「バイバイ」

と杉はいった。夜更の都電はガラガラだ。座席に着かずに立ったまま、窓の外の仲間が笑いながら退《しさ》っていくのに手を上げる。その時杉はいつも、いいようのない気落ちのようなものを感じるのだった。

——なんで笑ってる？　彼らも私も。

と思う。明日は月曜日だ。そこから笑わない六日間がつづく。杉は目の前の座席に仕方なく腰を下ろす。夜更けの電車はカランとして明るい。その明るさにいいようのない寂寥が満ちていた。

五月も終り近かった。電車を降りると雨が降っていた。墓地横の坂道を行くあたりから本降りになったが、杉は走りもせずに上って行った。

部屋に入ると杉は濡れた髪を拭きながら、出がらしの冷えた番茶を湯呑に注いで、立ったまま飲んだ。その時、墓地に向っている窓ガラスが音を立てたような気がした。風が出てきたのかと窓を見ると、汚れた磨りガラスの向うに人影が動いた。コトコトとガラスがノックされた。杉は湯呑を手にしたまま、窓に近づいた。人影に向ってガラス戸を開けると雨の中に辰彦が立っていた。

「どしたの？」

と杉はいった。辰彦は答えずに窓わくに手をかけて飛び上り、一気に窓敷居に跨《また》がった。吹き込む雨と一緒に頭や肩からポタポタと雫が落ちた。

「どしたの？」

もう一度いって、杉は辰彦の靴を脱がせた。雨滴をしたたらせながら辰彦は部屋の中に降り立った。いきなりものもいわずに杉を抱きしめた。

杉はそれに応えた。雨の匂いが鼻孔に染みた。辰彦の顔を流れた雨滴が仰向いた杉の口に入った。

第四章

1

昭和三十一年、畑中辰彦と藤田杉は結婚した。辰彦二十六歳、杉は三十一歳だった。それまで二人は杉のアパートで同棲していたのだが、辰彦の妹富子に縁談が持ち込まれ、清造という大黒柱を喪った畑中家としては願ってもない縁談だったので、この結婚が成就することを誰もが願った。そこで唯一の支障となるのが、辰彦が小説などを書く年上の出戻り女と同棲しているという事実だった。

そこで長姉の夫である高級官僚の木村正人《きむらまさと》が畑中家の総意として、辰彦に杉との別れ話を切り出した。辰彦はそれを拒否したので、畑中家では仕方なくそれでは正式に結婚という形を取るようにと妥協した。清造が存命ならばとても考えられる話ではなかった。だが畑中家では辰彦についてはもう何も期待せず、すべてを諦めていたのである。特に志乃は、辰彦には「ちゃんとしたところから嫁を貰うのは無理」だと考えた。自分にいい聞かせるように「跛の上に職業は不定だし」と思った。全うな結婚を辰彦に望んでもしょうがない。そう考えると、好きで一緒になってくれる女がいるだけでもいいとしなければならないだろう。そうして志乃は杉という女への不安と不満をなだめたのだった。

杉は結婚などしたくなかった。同棲で十分だった。結婚することでいいことがあるとすれば、それを口実に病院勤めを辞めることが出来ることだった。杉の母のぶも乗気ではなかった。あんな我儘者に結婚生活が保てるわけがない、と思い、口に出していいもしていた。

富子の結婚式が上げられる前に、辰彦と杉の形ばかりの結婚披露が開かれた。すべて形式的なことを嫌う杉は、式みたいなもの、といっていやがったが、のぶは（内心では同感しながら）「杉は前に一度してるから今更という気持かもしれないけれど、辰彦さんは初めてなんだからやっぱりしたいだろう」といって勧めた。その宴席で文芸キャピタルの保科雄作から祝いをいわれると、のぶは、

「でもねえ。いったい、いつまで保《も》ちますことやら……」

といった。すると保科は真面目な顔で、

「その頃は杉さんは筆一本で食べていけるようになっています」

といった。

新居は一人暮しののぶのために、同居出来るような広い一軒家を世田谷《せたがや》に買うことに

なった。のぶはそれまで住んでいた家を売却した金額を出して、三分の一の権利を持ち、残りを辰彦が父の遺産で負担した。そうすることでのぶは娘のお蔭を蒙《こうむ》っているのではなく、あくまで自立していることを畑中家に示したのである。

辰彦も杉も、もう渋谷界隈をうろつく必要はなくなった。家が広いので庄田は始終やって来て、来れば夕飯を食べてそのまま泊り、翌日は家へ帰らずに出勤したりするようになった。森《もり》は辰彦と杉の結婚をたいそう喜んだ。以前通り一週間に一度、辰彦のマッサージに来たが、来るたびにこれで辰べえにもやっと幸福がきたな、といった。

天野は姿を見せなかった。彼は二人の結婚に反対するという手紙を辰彦に寄越したきり姿を晦《くら》ました。その手紙で彼は杉の女らしくない我儘な性格を分析し、彼女は将来、君を失望させ苦しめるだろうことは目に見えている、といい、自分の決断として文学という「やくたいもないもの」から足を洗うことにした、この後は昔土建屋で働きながら取得した建築関係のちょっとした資格を持っているので、その方面で生きていくという決意を伝えていた。

辰彦はその手紙を机の抽出しに無雑作にほうり込んでおいた。それを杉が見るかもしれないことは考えなかった。たとえ見たとしても、天野はそれを承知で寄越したのだ。杉にわざわざ見せる必要はないが、隠す必要もない。天野が杉を嫌うようになったものはしょうがない、というのが辰彦の考え方だった。

「天野は来ないよ。もう文学なんかにかかずり合うのはやめたってよ」

辰彦がいうと庄田は、

「そうかァ」

といい、その気持もわかるな、といった。杉は「気の小さい男よ」といっただけだった。杉は机の中のその手紙を読んでいたのである。そして「ロマンの残党」は解体した。


辰彦は新しい同人雑誌を立ち上げることを考えた。文芸キャピタルの文学傾向はあまりに古くさく退嬰的ですらある。そもそも同人雑誌というものにはその雑誌の生命である「呼びかけ」「問いかけ」があるかどうかが大切なのだ、と辰彦はいった。目標も価値基準もなく、従って主張も論争も対立もなく、ただ作品を書いてそれが掲載されればそれで満足して、文芸評論家が文芸時評に取り上げてくれるか、どこかの編集者が目に止めてくれるのを待っているだけの雑誌では意味がないではないか。

「何のために書くのか、そのことさえ考えずに書いている手合が多過ぎるよ」

と彼はいった。そういわれると杉は、「わたしもそうだ」と思うしかない。すると辰彦はいった。

「それでは何のために生きるのかを考えずに生きているのと同じだよ……」

――生れてきた以上、生きなきゃならないから生きてるんでしょう。生きようという本能によって……。

杉はそうしかいえない。だがそれは我ながら幼稚だと反省して、口には出さない。じゃあなたは何のために生きるのか、何のために書くのか、教えて下さい、といいたいけれども、そうするとひちむつかしい長広舌が始まって、それは杉には理解出来ず、疲れるばかりなのでいわない。

――暇さえあればパチンコをしたり、マージャンをしてたあの頃もやっぱり、この人はそういうことを考えていたというのだろうか？

そうして杉は思う。多分考えてたんだわ。辰彦は私なんかとは違う人なんだから、と。

杉は辰彦に傾倒していた。彼のいうこと、すること、考えること、すべては独特の哲学の裏付があるのだ。彼は常に正しいことをいっているのだ。それがわからない方が多分、いけないのだ。

「わからない？　まだわかんないか……うーん、困ったなあ」

杉ばかりでなく、庄田や文学仲間の誰彼と話しながら、時々、辰彦は困り果てたようにいう。そういわれると杉は自分の無智に退《ひ》け目を感じてしまうのだった。

「畑中のいうこと、杉ちゃん、わかるかい？　オレはどうもよくわかんねえんだ」

庄田がこっそりという感じでいうと、杉は勢を得て、

「わかんないよう」

といった。

「けど、辰彦がいうと、なぜかそうなんだ、と思ってしまうのよ」

「やっぱりそうか……。オレには学がねえからなあ……」

「わたしもよ」

杉はいい、庄田と杉の気持はぴったり寄り合うのだった。

畑中家には毎日のように文学仲間が来るようになった。文芸キャピタルに飽き足らず、辰彦の文学信条に賛成、あるいは影響を受けた者たちだった。自分たちの信条に則《のっと》った同人雑誌を作ろうという意欲が皆の胸に盛り上り、呼びかけに応じて加わる者もいて人数は増えていった。下相談や準備は当然のように畑中家で行われた。新しい同人雑誌の名称は「半世界」と決った。半世界とはどういう意味か、よくわかっていて決ったわけではない。辰彦がいい出して、何となく決ったのである。半世界とはフランス語でドゥミモンドといい、娼婦という意味だという者がいたが、辰彦は笑って、それでもいいじゃないかといったので、それで決った。

同人は十人で発足する。発行は隔月。商業誌ではないのだから、同人費として五千円、必ず毎月出すこと。掲載作品は全員が読み、会議の上で掲載する。同人だから、金を出しているから、といって必ず掲載するということはない。発行人は畑中辰彦。経理は杉が受け持つ。印刷所は刑務所の受刑者が行う印刷部が安いのでそこに頼む。

あらかたそのような決め方で「半世界」は動き出した。辰彦は精力的に動いた。朝寝坊が早起きになり、夜は二時三時まで起きていた。彼には進むべき具体的な目標が生れたのである。それまで彼には人生の目標といえるものは何もなかった。新聞社やのちに少し勤めた映画会社などの組織の中にいた時、そこは普通の企業などに較べると比較的自由でルーズさが許される場所ではあったが、それでも彼はその仕事に打ち込むことは出来なかった。彼がぐうたらの無能社員だったのは、その仕事と彼自身の接点がどこにもなかったからだった。

「畑中は金持ちの息子だからな。それで通るんだ」

庄田がいった時、辰彦は、

「そうだよ。幸か不幸かぼくは金持ちの息子に生れた。だから贅沢なんだといわれても、困るだけだ。それがぼくに与えられた現実で、その中でぼくはこうなってきたんだ。それはね、お前はビッコだ、だからそんなふうになったんだ、といわれて困るのと同じなんだよ」

そう反駁《はんばく》し、庄田は返す言葉を見つけることが出来ずに黙った。

その辰彦の前に、今真直な一筋の道、それこそ彼が進むべき道がつけられた。

「これからぼくは理想に向って進む。おふくろや兄貴が思ってるような怠け者の無能なぐうたらじゃないところを見せてやる。いやそんなことはどうでもいい。とにかく、ぼくはやるよ！」

宣言するように杉に向っていった。彼は高揚していた。広い額《ひたい》が赧《あか》らんでいた。杉はその額に見惚れた。

2

梅津玄へ藤田杉の手紙

生ぬるい風がゆるゆると吹いて、空は今にも降り出しそうな暗い灰色です。そのために隣家の桜のピンクが白く見えます。

いつの間にこんなに大きくなったのでしょう。書斎の机の前に坐ると、丁度向う正面、天井に届くほどの高い大窓から桜の全体が目に入っていた筈ですのに、花を見るには顔を仰《あお》のけなければならなくなっているのです。今、それに気がついたなんて。

幹は真直にすっくと立っていて、上へいくほどに枝を広げ、たわわに花がついています。去年もその前も、毎春机に向うといやでも目に入っていた筈なのに、こんなに背が高くなっていたなんて。それに今、気がついたなんて。どういうことなんでしょう……。

あの桜はいつ頃からあったのかしら、辰彦がこの家にいた頃はあったのか、なかったのか、思い出せません。何年もの間、私は桜どころか、という暮しをしていたのでした。そのことを、改めて、つくづく、感慨をもって思います。

私のこの家にも大木の桜が一本あります。その桜は玄関を出てすぐのところに立っているので、昔は（辰彦がいた頃は）毎日玄関を出入していましたから、いやでも目に入っていました。辰彦がいなくなってからは玄関の出入は来客だけで、それも初めてのお客とか、内玄関から案内するほど親しい間柄ではない人が出入するだけになり、私は専ら台所つづきの内玄関を使っていましたから、桜を見上げることがなくなっていたのです。

そんなふうに私の家は、私一人で住むには大き過ぎるようになってしまいました。母が亡くなり、辰彦は去り、娘の多恵は嫁いでいきました。この家は私には広過ぎるのです。桜は日常生活の中で、自然に目に入るものではなく、それを見るためにわざわざ、表玄関まで行かなければならないのです。それでもその桜は私たちがこの家を買った時からあった大木で、塀を越えて表の道の上まで枝をさしのべ、春にはそれは見事に咲きましたから、道を行く人の中には思わず立ち止って見惚れる人もいたり、「おかげさまで今年も目の保養をさせていただきました」と通りすがりに挨拶をして行く老婦人もいるほどでした。

辰彦がこの家を出て行き、彼のために三番抵当まで入った家で、私は借金の鎖にがんじがらめになって、喘《あえ》ぎつつ働きに働いていた時も、桜は季節がくると花を咲かせていたのだと思います。忘れられ、ほうりっ放しにされながら。たまたま懇意にしている薬局へ鎮咳薬を求めに行った時、女店主から「お宅の桜は咲きましたか」と訊かれ、私は答えようがなくただ、「ええ……咲いている……と思うけど……」と曖昧に答え、とにかく忙しくて、と笑ってごま化したことがありました。その時は地方講演に出かける直前で、二か月も止らない咳に苦しんでいたのでした。

桜ばかりじゃありません。小学生だった多恵だって、多恵のために飼った雑種犬のチビだって、桜と同じような目に合っていました。庭は雑草に埋もれて、チビの糞がそこここに転がっているのも、伸びた雑草が隠してくれるというあんばいでした。

もう先生のお宅へも前のように伺えなくなっていました。川添さんの口添えで得た少女ユーモア小説の仕事をして生活を支えていたのでした。

辰彦はどこで何をしているのか、わかりませんでした。別に知りたいとも思いませんでした。はっきり話し合いをつけて別れた、というのではありません。いたりいなかったりをくり返しているうちに、姿を現さなくなったということです。社長をしていた会社が倒産しかけているのだから、大変なのだろうと思っていました。それ以外に心配したりしなかったのは、辰彦が何の説明もせず愚痴を洩らしもしなかったからです。彼がいったことは「金、ないかな？」でした。私はある時は出し、ない時は「ない」というだけでした。わけを聞いたところでしょうがないと思っていました。聞いたって私にはわからないのですから。そんなことにかかずり合っているよりも、原稿料を手に入れるために少女小説を書くことの方が大事でした。一度、川添さんが「梅津さんが心配してるよ」と電話をくれたことがありましたが、「そう」としかいえませんでした。先生にお会いして、愚痴を聞いてもらいたいとは思わないのでした。愚痴をいってもしょうがない、という気持だったと思います。愚痴をこぼすなんて、気持に余裕のある人のすることです。人に訴えたところで解決にはならない。ただ相手を困らせるだけですから。川添さんはよく電話をくれましたから、その時は思う存分、辰彦の悪口をいいまくりました。悪口というより罵倒です。

川添さんはいつでも私の味方です。「うぬぼれ天狗」とか「鈍感魔」とか、そのひとつひとつに川添さんは合の手を入れてくれるのが私の慰めになりました。だんだんにエスカレートして、川添さんが気に入ったのが「ぼんくら」でした。

自分で自分を人一倍賢い人間だと自負している。その自負のために失敗をしても反省ということをしない。自分が悪いのではなく、社会のありようが悪いからだと思い込む。そこが「ぼんくら」のゆえんです。川添さんはたいそう「ぼんくら」が気に入り、「畑中」とも「辰彦」ともいわず、「ぼんくら」と呼ぶようになりました。

昨日、ここまで書いて、今朝、表玄関から出て表の桜を見ました。そして、あっと立ちすくみました。お隣りの桜はあんなに咲き誇っているのに、うちの桜は伸ばした枝に数えるほどの花が……それも白っぽく、弱々しくついているだけなのです。

そういえば去年だったか、出入りの商人が「なんだか寂しいですね、今年の桜は」といったような気がします。そういわれても私は、

「桜も年をとるわ。私だってこんなばあさんになったんだもの」

といっただけでした。その時にすぐに桜の様子を見て手当をしていれば、こんな風にはならなかったと思います。

慌ててさっき、植木職の高村《たかむら》さんに来てもらいましたら、高村さんは一言、

「寿命ですね」

といいました。樹齢は百年を越えているのだそうです。このあたりが世田谷村といった頃、村の丘陵地だったここに自生していた桜でしょう。呆然としている私を慰めるように高村さんは、「これはあくまで寿命です」とくり返しました。

けれど、私が気をつけていて、早いうちから手を尽していれば、という悔恨に胸が嚙まれます。

取り返しのつかないことがいっぱいあります。あのことも、このことも……次から次へと出てきます。

これが人生の終末にさしかかった、ということでしょうか。親しい人はみんな、いなくなってしまいました。先生をはじめ、畑中辰彦も天野悟一も庄田宗太も森健郎も、川添さんまで、皆、あの世へ逝ってしまいました。私一人生き残って、どんな感懐も聞いてくれる人がいないのです。だから先生にこうして、折にふれ手紙を書くしかないのです。

老い朽ちていく我が家の桜を見るのは辛いけれど、力に溢れて大空に向って咲き誇っ

ている隣家の桜を見る方が、今日の私にはなんぼか辛い……。

3

秋、「半世界」の創刊号が出た。

「私たちの同人雑誌の創刊号が出た。

この雑誌は、決して普通の雑誌のように文壇に出るための足がかりの雑誌ではない。私はいま、何よりも、このことだけをはっきりここで断っておく。

私たちはこの雑誌がいつかは、私たちが一生ここで仕事をして行くに足る大地となることを固く信じている。その意味では既成文壇の人たちでも、その心持があれば、いつでも喜んで歓迎する。それと同時に私たちは、こうした雑誌が少しでも多く誕生することを大いに期待している。こうした雑誌が、真の文壇を築いて行くようになった時にこそ、私たちは真の文学が生れ出るに違いないと信じるものである。

それはあるいは一つの夢かもしれない。けれども、しかし私たちは、一つの夢こそが、いつかは偉大なる結実に私たちを導くことを知っている。私たちは決してこれをただ可能であるが故にやっているのではなく、たとえそれが不可能であったとしても、しなくてはならないことであると思うが故に、集ったものたちであることを、あえていい加えて置く。」

それが辰彦が書いた創刊号の編集後記である。辰彦は昂揚感に満ち、初陣の首途に立った若武者のように気負っていた。

「人間はこれをやらねばならないと思ったことは、たとえ成功しようとしまいとやらなければならない」

彼は繰り返しいった。

「理想を持たずに事勿《なか》れ主義に生きるよりも、その方がよっぽど価値のある人生だよ」

それは確かに正論だ。しかし現実主義者にいわせれば、この世を生きる上ではそれは「屁の突っぱりにもならないような正論」だろう。そんな思いが杉の頭を掠めたが、すぐに思い返した。その考え方は「世俗的」なのだ、と。聡明を表しているような辰彦の広い額、そこから発散している真剣さと確信に杉は魅了される。教祖に傾倒していく信者のように杉は敬意を抱いて辰彦を容認したのだった。

「半世界」は順調に号を重ねた。表紙はぶっきらぼうな活字体で「半世界」と横書きしただけの愛想のないものだった。だが裏表紙になると打って変って、映画のギャングものや股旅もの、市川右太衛門や美空ひばりなどの宣伝写真が全面を占めている。あるいは「お買物はこちら」と大書したデパートの広告、地方の温泉宿を列記した観光宣伝など、それらはかつて畑中清造が関りを持っていた企業から辰彦が取ってくる広告だった。

その広告費が集りの悪い同人費の不足を補っていたのである。職に就かない辰彦に収入はなかった。だが生活費は欠かすことなく杉の手に渡る。その金がどこから出てくるのか杉にはわからなかった。わかっていることは清造の遺産があるということだけである。

「お金、もうないわ」

杉がいうと、「よし」といって辰彦は若干の金を持ってくる。杉はありがとうといって受け取る。いったい清造の遺産はどれくらいあるのか、夫婦して働かずに、しかも半世界の細かな雑費や仲間の食事代などを出す一方だ。いつまでそんなことがつづくのか、さすがの杉も気にかかる。辰彦の周りでは、辰彦は金持ちなんだからかまわないという空気が自然に出来上っていた。だが辰彦が何もいわない限り、これでいいのだと杉を含めた誰もが思っていた。

そのうち同人費の集りが悪くなった。経費の不足分について誰も関心を持たない。そして集りの後の二次会の飲食代なども、当然のように辰彦任せにする同人が増えていく。

「どういう気なのかしら、あの人たち」

杉はいうと辰彦は気のない声でいった。

「いいじゃないか、そんな細かいことをいわなくても」

「『半世界』は自分たちの文学への志を遂げるための雑誌じゃないの？　あの人たちはどういうつもりなんだろう。ただの寄稿者のつもりなの？　印刷屋の払いは大丈夫なのか、くらい思わないのかしら」

いうにつれて興奮が高まってくる。出来上ったばかりの「半世界」を取り上げて頁をめくり、杉は大声で読む。

「『新しい文学への志』……誰が書いたの？　ナニが志よ！」

口を歪めていい、次を読み上げる。

「『その場その場の状況という山車《だし》にうろたえて乗っかり、上べだけの時代単位で単純に割切ってものをいう粗雑な精神が多すぎることを悲しむ……』なんてへたっぴいな文章なの。粗雑な精神を悲しむ？……笑わせないでよ！」

杉の興奮に辰彦は反応しない。突然の俄雨に途方に暮れて、軒下で空を見上げる人のように、ただ杉が鎮まるのを待っている。

「いったい、どうして同人会にお酒が必要なんです！　飲む金はあるけど『半世界』に出すお金はないってこと？　それは自分の文学に対して誠実でない証拠だわ……」

丁度来合せた庄田をつかまえて、杉はつづきをしゃべり立てる。

「私はね、庄田さん、いい？　私はお金を惜しむんじゃないのよ。あの人たちの根性が許せないのよ。おめおめと人の喰い物にされて平気でいる辰彦が許せないのよ！」

庄田は毎月末にきちんと同人費を納める唯一の協力者である。そして唯一の杉の味方だった。

「杉ちゃんのいい分はその通りだよ。畑中はえらそうな理窟はいうけど、人の気持がわからない男なんだな。オレはよくわかるよ。杉ちゃんの気持」

「わからないんじゃなくて、わかろうとしないのよ、辰彦は」

「自信過剰なんだ」

「その通り。あるべき神経が一本、欠落してるんだわ。それを認めるべきよ、彼は」

「それは無理だな」

「どん底に沈んだ時に、やっとわかるのかしら」

「いや、どうかな。わかんないんじゃないかな」

とにかく彼は強いよ、と庄田はいって会話は終る。無力感が杉を蔽《おお》い、杉は黙ってしまう。しゃべってもしゃべっても釈然としない思いが胸の中にうずくまっている。そんな杉にのぶはいった。

「ものを書く人間なんて、そんなもんやよ。たまたま辰彦さんがお金を持っているというだけのこと。お父さんの遺産がなかったら、辰彦さんだって、同じようなことをしてるやろからねえ」

「私はしない。ゼッタイしない！」

杉は憤懣《ふんまん》でいっぱいになっていい捨てる。辰彦は？　と考えて、とまどった。しない、といいたいが、いい切れなかった。「しない男」であってほしいが、わからなかった。

——そんなことはたいした問題じゃないんだよ……。

辰彦の声が聞えたような気がした。いつものもっともらしいいい方で。すると杉はふと「そうかもしれない」と思ってしまうのだった。

田代雪枝はそんな杉に深く同情していた。だが彼女は溜息をついて、

「困った人やねえ。辰彦さんも。なんでそうなんやろう」

というだけだった。杉と一緒に憤慨するわけでも辰彦の味方をするわけでもない。ただ、杉のために心を痛め、なんでやろう、なんでやろう、と途方に暮れるだけだった。雪枝に出来ることは「半世界」を売ることだった。十冊二十冊と買い込み、小説に興味がある相手かどうかの見境いもつけずに人を見れば売りつけた。外科病院長として成功した夫の院長室には、「半世界」が積み上げてあった。夫の浮気が発覚するたびに雪枝はどさっと夫に買わせたのだ。

4

時々、辰彦は、

「雪枝さんの旦《だん》つく、もっと浮気してくれないかな」

といった。

梅津玄へ藤田杉の手紙

憶えていらっしゃいますか。先生。

銀座の「渚」で先生を囲んで川添さんや二、三人の編集者と飲んでいた時、

「これはこれは、皆さんお揃いで」

いきなり現れて狎《な》れ狎《な》れしくいった男のことを。色の黒い、押し出しのいい、けれどどことなくうさん臭さを漂わせている（と後で川添さんがいい、先生は同感の笑いを洩らしていらっしゃいました）桑田という男です。桑田は畑中辰彦の友人で、どこでどう知り合ったのか私は知りませんでしたが、畑中が二、三度、家へ連れて来たことがあった程度の知り合いでしかありませんでした。私のほかは初対面の人ばかりなのに、私の耳元に口を寄せて、

「ここの勘定はお委せ下さい。心配せんといて下さい」

と囁《ささや》いたりして、それが先生にも川添さんにもよく聞えて、先生は呆れておられました。

「わたくしは畑中辰彦先生の肝胆相照らす友といいますか……まあ、そのような者です。藤田杉先生にも目をかけていただいておりまして」

ぬけぬけというので、

「やめて下さいよ、私を先生なんていうのは」

思わず強い口調になりましたが、彼は、

「アハハ、まあ、そうおっしゃらずに」

などといって、

「では失礼。ごゆっくり」

と背を向けて奥の方へ姿を消しました。上等のカシミヤのジャケットを着ていました。

「変った男だね」

と先生は仰言《おつしや》っただけでした。勿論、お勘定は先生がお払いになりました。私たちが帰る時には彼はいませんでした。

畑中は彼のことを、「面白い奴」とよくいっていました。杉ちゃんならきっと気に入るよ。何をいわれても怒らないんだ、と。その頃、彼は「ジャン荘のおばちゃん」のヒモでした。彼には本妻がいました。おばちゃんは彼にぞっこんで、やきもち嫉きでした。おばちゃんは彼の愛の確証として、自分のパンティを穿いて家へ帰ってほしいと迫り、彼はいわれるままに花柄のパンティを穿いて、それを忘れて別の女の所へ行き、一緒にお風呂に入ろうとして、変態あつかいをされたという話が有名でした。

その桑田が昨日、突然、訪ねて来て、いきなり三百万円貸してほしいといいました。そのわけをくどくど説明していましたが、貸す気がないので私は聞いていませんでした。

「なんで私があなたにお金を貸さなきゃならないのかしら」

と私はいいました。私たちはそんな親しい関係ではなかったのですから。私が畑中と別れた後、桑田は時々、畑中の動静を伝えに来ていましたが、その度に私は、もう畑中には何の関心もないのでそんな話を聞くのは無駄以外の何ものでもない、といって相手にしませんでした。

畑中は死んでしまったのですから、桑田とはもう何のつながりもないのです。桑田からお金の無心をされる義理合はないのです。私ははっきりそういいました。けれども桑田はたじろがず、自分には二つの夢がある。モンゴルと日本の文化交流についてひと汗流そうと決心しそのための組織を立ち上げたいということと、もう一つの夢は畑中辰彦の遺稿集を作って、日本文学界に於る畑中辰彦の存在を後の世に遺したい、というのです。遺稿はどこにあるのかと訊くと、それはこれから集めます。その点でも杉先生に協力をお願いしたい。畑中先生を本当に理解している人は何といっても藤田杉先生が一番で、その次が不肖この桑田克義《かつよし》だと自負しております、現代のような俗な世の中では畑中先生の高度な文学の理想は理解されない、それが何とも無念なのです。杉先生もおそらく同感だと思っております、というのでした。

私は思い出しました。辰彦の最期の時の病室で、多恵が「パパのかみさん」から聞かされた愚痴話の中に、桑田の名が何度か出てきたということを。桑田さんが来ると、ロクなことがなかった、と彼女は怒りを籠めていったそうです。あの人は貧乏神なんてものじゃない。悪魔の手先が背中に張りついている人だ。桑田さんとつき合いをやめないのなら私は別れます、とまでいったので、さすがの辰彦もつき合うのをやめた。だから入院したことも知らせないし、亡くなっても知らせない、と彼女は憎々しげにいったといいます。

そんなことを思い出していると、桑田は持って来た紙包みを自分で破き、中から人形を取り出しました。見るからに安っぽい、可愛くも何ともない、子供だかおとなの女なのかわからない立人形でした。彼はこれは韓国で買って来たものだといい、

「見て下さい！ ほれ、ズロースを穿いてます。シュミーズも着て……靴下もね。ほれ、レースがついてる」

といいながらテーブルの上に人形を立て、

「ああ、可愛いなあ……多恵ちゃん喜ぶだろうなあ、そう思って買って来たんです」

私はそれを無視して、

「桑田さんは畑中のお葬式に行ったんですか」

といいました。

「えっ、葬式ですか……」

目が忙しく泳いで、

「行きました。青山《あおやま》という、先生を尊敬していた若い男を連れて」

ぬけぬけといいます。

「そうなの？ でも病院で多恵が畑中のかみさんに会った時、桑田さんには絶対知らせ

ないっていってたそうだけど……」

　と私は意地悪になりました。しかし桑田はあっけらかんとして、

「いやネ、実はネ、ぼくは嫌われてましてね、彼女にですよ。先生がね、困ったような声で、桑田、電話をかける時は火曜と金曜にしてくれよ、その日はうちの奴は留守だからってね」

　ハハハと笑います。

「それで、そうしたの？」

「しましたよ。仕方ないもんね。とにかくぼくは先生が大事だから、何でもいわれるままです」

「でもどうしてそんなに嫌われたのよ、桑田さん」

「いや、女ってのはね。杉先生の前ですが、女子と小人は養い難しってね。まったく。わかりません」

「桑田さんと畑中はひとつ穴の狢《むじな》だからねえ」

「やあ、狢はひどいな。私らはね、見附の三羽烏《さんばがらす》といわれた時もあってね。先生と私と、もう一人、今は有名な映画監督になりましたがね」

「何の三羽烏？　マージャンの？　パチンコの？　借金の三羽烏？」

「いや、鋭い！」

　桑田はいい音を立てて太腿を打ち、

「さすが……杉先生はピシッとくるね」

そうして陽気に帰って行きました。三百万の金のことなど忘れたように。

その桑田からさっき速達で手紙が届きました。何ごとかと思って読むとこんな文面です。

「先日は畑中先生のなつかしいお話をさせていただき、感慨無量でした。

人ぞ多し、世に人ぞ少なしではありませんが、なかなか畑中先生のような方はいません。

私は何十年来、尊敬と誇にしてきています！

『思い出のサンフランシスコ』が持ち歌です。

作家先生方の間ではわかりませんが、一般社会の中ではNo.1人気で人により好かれていました。

他の人は知りませんが、私は人間形成にずい分教えられてきています。

今後お役に立つことがありましたら、遠慮なくお声をかけて下さいますよう。亡き畑中先生の霊に対して誠心誠意、杉先生のお役に立たせていただく所存でございます。

敬具。

桑田克義」

こういう男が畑中の心酔者だったことを、先生はどうお考えになるでしょう?

ここで桑田の人間性を云々することはたいして意味のあることとは思いませんが、その桑田に心酔されていた畑中辰彦という人間について、私は考えたくなるのです。簡単に「一つ穴の狢だった」といってしまえることかもしれません。要するにチャランポラン、いい加減な男だったのさ、相性が合ったんだ、で終ることかもしれません。

でも畑中はかつて私が愛し尊敬していた男なのです。私は彼の言葉、することなすこと、すべてをもっともだと思い、疑問に思うことや反対して喧嘩になることもありましたが、そんな時でも心のどこかに、辰彦の方が正しいのかもしれない、という退《ひ》け目のようなものがありました。ものごとを現実的に考えて対処するよりも、観念で現実をくるんで結論へ進むという理想主義の実践者として、喧嘩を吹っかけながらも私は彼を尊敬していたのです。

その尊敬はいつとはなしになしくずしになっていきましたが、あの頃、私が畑中から吸収させられた反俗的な観念だけは今でも私の中に生きています。その後の彼の行為の数々に私は失望を重ねていき、とうとう彼をうっちゃってしまいました。でもそれでもまだ、私は彼の胸のどこかに生きているもの、あの非現実的で純な「理想」は全く死滅したのではなく、苛酷な現実を生き抜くために胸の隅っこに押し込められてしまっているものが、微かながらも存在しているのではないかと、どこかで思っていたのでした。「見附の三羽烏」といわれるようになってもそれは微かながらも息づいているのではな

ょうか。

先生。

かったかと。

人間というものは蛹《さなぎ》が蝶になるように、何の痕蹟も残さずに変貌、変質するものでし

私は思い出します。畑中の口癖を。

「およそ人間ほど高く育つものはない。深く滅びるものもない」

それはヘルダーリンの言葉だそうで、そう話す時、畑中の額に昂揚感のような赧味《あかみ》が射しました。私はその額を「思索的」だと思いました。

「ぼくだって今はこうしているけれど、もしかしたらいつ、詐欺師になるかもしれないし、人殺しになってるかもしれない。人間の可能性というものは上に向うばかりじゃないんだよ、下へ向う可能性もある。あらゆる可能性がある、それが人間というものだ」

畑中はそういいました。折にふれ、何度もいいました。聞かされました。今、こうしてすらすらと書けるくらい……。

もしかしたら桑田も何かの折にそういうもっともらしい言葉を聞かされ、「この人はただ者ではない」と思うようになったのかもしれません。その「ただ者」でない男がパチンコやマージャンにうつつを抜かし、借金やら不義理を抱えて平然としている。それを見ているうちに桑田は彼を、常人には及ばない「別格の人間」だと思うようになったのかもしれませんね。そこが桑田の桑田であるゆえんでしょう。

先生。

こんな畑中辰彦という男によって人生を左右されてきた私は、心底《しんそこ》人間というものをわかりたい、理解したいと切実に思うようになりました。

いったい彼はどういう人間なのでしょう？

何が彼を――その人生の半分以上を現実社会の底辺に沈めたまま、八十歳まで生かしたのでしょう？

何が彼を支えたのでしょう？

やっぱり彼は特別製の「ぼんくら」「コンクリートの塊」だった、それだけでしょうか？

5

杉と辰彦は始終喧嘩をしていた。

喧嘩の原因は辰彦が相手かまわず、いわれるままに金を貸すことだった。辰彦はあくまで「貸した」つもりだが、相手は「急いで返さなくてもいい」つもり、「貰った」つもりになっている。相手がそう思うのは、そう思わせるものが辰彦にあるからだ、と杉はいった。借りる側には辰彦の金は父親の遺産を受けたもので、彼自身が働いて蓄えた金ではない、不労所得だという思いがあった。金に困ると彼らの頭にはすぐ、畑中辰彦の名が浮かぶのだった。金に困っている友人がいると、何の遠慮もなく辰彦を紹介する。まるで金融業者でも世話するように。友人のその友人というだけで、一度会ったか会わないかくらいの男に金を貸し、感謝もなく、返されもしない。

「あまつさえあの連中は」

杉は顔を引き攣《つ》らせ、もともとよく透る声が高くなる。

「それを怒る私を鬼女だといってるのよ！」

杉ちゃんは変った、と雪枝はいった。杉ちゃんはあんなにバカにしていた主婦感覚になってきている。前はお金のことなんか、眼中になかった人やったのに。前は辰彦さんを丸ごと理解して、それで好きやったんでしょう……。

私は甘ったれが嫌いなのよ。何かというとすぐに誰かに頼る、利用するというそういう精神が許せない。そして友情も信頼も共感するものも何もないのに諾々と甘えさせる奴も嫌い……。そう抗弁しながら杉はもう腹が立ってきている。

「けどね、杉ちゃん。そんな辰彦さんやからこそ、杉ちゃんは気に入ったんやなかったん？」

「わかってる。いわなくても」

そういう辰彦だからこそ、年上の、出戻りの、一文なしの杉が、何の退け目も感じずに威張って喧嘩を吹っかけていられるのだ。雪枝にいわれなくても杉にはよくわかっているのだった。

その日も若い男が一人、辰彦を訪ねて来た。初対面の客である。彼は「半世界」の同人の名前を上げて、彼から貰った「半世界」を読んで畑中辰彦の文学観に心を惹かれて訪ねて来た、といった。

辰彦の書斎に通させた彼を、辰彦は亡父の書斎から運んで来たマホガニーのどっしりと大きなデスクの前から、ゆっくりと椅子を回転させて迎えた。

「文学は個人的なものだとぼくは思ってきたんですが、しかしそれは夢想だったことがこの頃、わかってきました」

と青年はいった。

「今の商業ジャアナリズムと結託している文壇というものをですね、打ち壊すべきだなんて、ぼくは夢想したりしてたんですが、そんな自分が滑稽に思えてきたりして……畑中さんに会えばそのへんにケリをつけられるんじゃないかと……」

その時、杉が茶菓を載せた盆を持って入って来た。

「女房の藤田杉です」

辰彦の紹介を受けて、杉はにっこりと一揖《いちゆう》して茶菓を出すと、そのまま盆を膝に、ドアーの脇にある小椅子に腰を下ろした。直感的に杉はその客を見張る必要を感じたのだ。

「カンディンスキーはこういってますよ。芸術に於て決定的なこと、それは形式や傾向や作風ではない。個々の作品を芸術作品たらしめるものは、その純正さにある、とね。我々にとって重要なことはまさにそのことですよ」

「はあ……」

と客は頷いた。一口二口、出がらしの茶を口にし、この抽象的な言葉に何と返そうかと考えるように暫く黙っている。それから顔を上げて、思い詰めたように辰彦を見詰め、

「そんなわけで……あのですね……」

言葉をと切らせてから、突然一息にいった。

「すみませんが、五千円、貸してもらえませんか」

反射的に辰彦はドアーの側にいる杉の方へ眼をやった。杉は待ってましたといわんばかりにそれを受け止め、昂然と辰彦を見返した。辰彦は一瞬逸《そ》らした眼を宙にさまよわせ、何かを思い出そうとするように眉を寄せた。

「うーん」

わざとらしく彼はいった。

「ええと……どうだったかな。今日のところは……ないんじゃないかな。さっき、大きな支払いをしたばっかり……だろ？」

と杉に顔を向けた。

「どうだい？　あるかい？」

「ありませんわ」

杉は短かくいった。その短かさに断乎とした拒絶を現したつもりだった。

「すまんですな」

辰彦は客にいった。

「いえ……」

客はいった。そして俯《うつむ》いて次の言葉を探していた。その考えを潰そうとするように辰彦はいった。

「ぼくは昔、ドストエフスキーの『貧しき人々』を読んで、書き出しの一行に強い感銘を受けたんですがね。『ワルワーラさん、昨日、わたしは幸福でした。本当に幸福でした』と始まる一行ですよ。平凡な書き出しのようですがね、この小説の主人公は退職した一人暮しの貧乏官吏の老人です。彼がプラトニックにいつも心に想っている向いのアパートに住む少女が、昨日、窓辺に花を飾ってくれたという、ただそれだけのことで、主人公は幸福だと思うんです。その心の中には貧しき人々でなければ味わえない、ささやかな心の幸福が見事に描かれていると思ったんです、ぼくは」

客は上の空で「はあ」といっている。

「『貧しき人々』が昨日というとき、その昨日はその他の日々の苦しみや悲しみに培われた昨日なんですよ。そういう昨日がつづいてきている中だからこそある朝、想う少女が彼に見えるように窓辺に花を飾ってくれたささやかな好意が大きな幸福になるのです……それは豊かな者には味わえない幸福ですよ……」

客は言葉少なになって、間もなく帰って行った。辰彦と杉は玄関に立って彼を見送った。彼がドアを開けてふり向いて挨拶した時、その気落ちした顔に向って辰彦はいった。

「どうも……すみませんでした……」

靴音が消えると杉は辰彦を睨みつけていった。

「なんで謝るんですか！」


クサンチッペはなぜ悪妻になったか。

夫がソクラテスだったからだ。

それが杉の持論になった。クサンチッペがあまりに口汚くソクラテスを罵るのでプラトンが見かねて、なぜ彼女を黙らせないのですかとソクラテスに尋ねた。

「君は鵞鳥《がちょう》がガアガア啼《な》くからといって本気で怒る気がするかね」

とソクラテスは答えた。

天気が良かろうが悪かろうが、花が咲こうが咲くまいが、一夜の雨が折角咲いた花を散らしてしまおうと、鶯《うぐいす》が来て啼こうと啼くまいと、ソクラテスは何も感じない男に違いない。感じない自分について何も思わない、そのまま自己を容認している男だ。

クサンチッペは、だから夫にバケツの水をぶっかけた。するとソクラテスは空を見上げていった。

「夕立が降ってきた」

ソクラテスはどれだけ偉い哲学者だか知らないけれど、女房の気持もわからないような、わかろうとしないような男はろくなもんじゃない。杉はいった。

「わたし、クサンチッペを擁護する小説を書くわ」

それを聞いて辰彦は、

「いいねえ、面白いじゃないか」

といった。

「ソクラテスはあなたよ、あなたは才気のないソクラテスよ、わかってるの？」

杉の声に棘が籠る。

「アハハハ」

辰彦は笑った。

「なにがアハハよ！」

すると心そこ面白そうに辰彦はいった。

「杉の発想は面白いねえ……」

藤田杉はどうしようもない女だが、畑中辰彦はそれなりにバランスを取っていて、ある意味では仲のいい夫婦になってる、と友人たちはいっていた。二人の喧嘩は友人の面前でも行われた。喧嘩というよりも杉の一方的な攻撃を、辰彦がアルマジロのように丸まってやり過すといった体《てい》のものであったが。諍《いさかい》の正当性は常に杉にあると杉は確信していた。だが辰彦がアルマジロになるのはそれを認めているからというよりも、女の現実主義と男の非現実ともいえる理想主義は、決して相容れることのない本質的な違いであると知っているからだった。

杉はやっぱり女なんだ、と彼は思う。それは論争や説得でわからせることの出来ない、本質的な差違だ。男は女と共に生きようとすれば、永遠にその差に耐えなければならないという宿命を負っている。女にも夢はある。だが理想はない。男は理想のために平気で現実を犠牲にする。だが女の夢は現実に根ざしているから、現実を犠牲にすることなど死んでも理解出来ないのだ。それがわかっているからソクラテスは、「鵞鳥が啼くからといって本気で怒る気がするかね」というのだ。いうしかないのだ。辰彦は口には出さずそう思っていた。

杉は辰彦のことを「才気のないソクラテス」といった。だが辰彦はソクラテスの言動には才気というよりも、いささか傲慢な絶望があると思う。そうして彼は何もいわずにアルマジロになっている自分を、これでよしと思いながら、丸まっていたのである。

6

梅津玄へ藤田杉の手紙

先生。

今日は悲しいお話をしたくなりました。

今、何気なく「悲しい」と書いてしまってから、「悲しい？　ちょっと違う」と思いました。「悲しい」ではなく「哀しい」と書く方がいいかしら……。でも「哀しい」では何となくセンチメンタルを気取っているような気がしないではありませんし、どういう言葉で、私のこの感じ方をいえばいいのか迷ってしまいます。とにかく、そんな気分のお話です。

先生は一度だけ、私たちの仲間の出版記念会に顔を出して下さった時にお会いになったことがある森健郎《たけろう》さんの話です。眼が悪くて、運ばれてきたコーヒーにお砂糖を入れようとして、砂糖入れと間違えて先生のコーヒーカップを引き寄せそうになったので、覚えていらっしゃると思います。森さんは辰彦が少年の頃、足を治療して貰っていたマッサージ師で、辰彦を文学の世界に引き込んだのだという自己紹介を先生にしていました。

あの森さんのお話です。

あの頃、森さんの眼の悪化はさらに進行していました。月に二、三度、森さんは辰彦のマッサージに来てくれていましたが、その時に話すことに同じことの繰り返しが多くなってきていました。森さんはかつて私たちの文学への第一歩であった「ロマンの残党」のリーダーでした。「ロマンの残党」が有名無実のものになっても、森さんはリーダー意識を持っていて、私と辰彦を見れば必ず、書いているか、どんなものを書いているか、と質問します。辰彦は森さんのために自作を朗読します。すると森さんは昔のままのリーダー口調で、

「頭でっかちだな。独りよがりだ」

と酷評するのでした。

「そうかなあ……ダメか」

辰彦は一応、そういいます。反発でも軽視でもない、いたわるような語調です。

「ダメだね、つまらない方へ行っちゃってるね、気をつけろよ」

辰彦は微笑して、「そうか……ダメか……」というのでした。森さんは辰彦に労《いたわ》られるようになっているのでした。

森さんの往診のタクシー代はうちで負担していたのですが、いつ頃からかタクシーではなくハイヤーで来るようになりました。交通費は心配いらないよ、と森さんはさりげなくいいました。ぼくのためにハイヤーをさし向けてくれるファンが出来たのさ。

そのファンは洗足池の近くに広大な土地を持っている大金持ちで、その家の夫人の長い神経症が森さんの力で快方に向ってきたので、それを感謝して森さんの往診時のハイヤー代を負担してくれることになったということでした。但し夫人の神経症は時をかまわず発作を起すので、たとえ深夜であっても迎えが行けば必ず出向くことが条件でした。

そのうち森さんはこの頃、香水の匂いを漂わせているという噂が、畑中の本家から伝

わってきました。それまでノーネクタイだったのが、シックなネクタイを締めているとか。私の方から出張を頼んでも都合がつかないと断られることも間々起り、森さんは「洗足のお金持ち」の専属のようになっていきました。

「ゆうべは洗足に泊り込みでね」

と森さんはいいました。

「ぼくが行くと治まるんだ。行かないと大変なんだ。今にも息が止りそうに苦悶する。どうにか治まったので帰ろうとして玄関まで行くだろう。すると始まるんだ。車に乗りかけてるのに先生、戻って下さい、ということになる」

ご主人はどうしているのかというと、気の弱そうな穏やかな人物で、妻が発作を起すとおろおろしてうろたえるばかり。当の病人よりも主人の方が森さんに依存してしまっているということでした。資産を持っているのは夫人の方で、主人は夫人の父に気に入られて入婿になった。職業はよくわからないが、夫人の父が遺した不動産会社の名ばかりの重役らしいということでした。

森さんはそのお金持ちの姓も夫人の名もいいませんでした。別に必要がないので私たちも訊きませんでした。「洗足」という代名詞で話は通りました。辰彦の治療の間、話題は「洗足」ばかりでした。辰彦が相手ではそんな話に乗りませんから、側に控えている私に話すのです。帝国ホテルのプルニエで食べた生がきは、氷で作った白鳥の背中の窪みに入っていて、それが実にうまいんだ、とか、歌舞伎を見たが六代目菊五郎を知っている自分にはどうも今の菊五郎はなあ……とか。

「森さんは舞台が見えるのかしら」

私はこっそり辰彦にいいましたが、辰彦は、

「ああいってるんだから見えてるんだろう」

というだけでした。

そのうち森さんは洗足に居つづけていることがわかってきました。問わず語りにとい いますか、話の節目節目で何となくそれがわかるのです。わかるように話しているらし いことを私は感じとりました。洗足の家はいかに宏壮な屋敷であるか、そう話しながら、

「ぼくは離れ座敷で寝てるんだけどね……」

自然な流れでわかる展開になっていく。

「ぼくだって仕事はしなくちゃならないからね。抱えてる患者も何人かいるしさ。それ をね、行くな、っていうんだ」

やきもち妬きなんだよ、と森さんはさらっといいました。

「行く先の患者が男か女か、太ってるか痩せてるか、美人かそうでないか、年は幾つく らいかって、そりゃうるさいのさ。仕事を断った分の費用はうちで出すから行くなって いうんだから」

「森さんの奥さんにはやきもちを嫉かないの?」

いつの間にかその情況を呑み込んだ私は、そういうこともさらっというようになって

いました。

「一度、ぼくが家へ帰る時、彼女は一緒に車に乗って来て、迎えに出た女房を見たのさ。見て、安心したのさ」

淡々と森さんはそういいました。

森さんは有頂天になっているように見えました。およそ贅沢からは縁遠い暮しのさなかに、いきなり訪れた贅沢三昧の夢のような毎日が来たのです。有頂天になるのは無理もないといえましょう。でも私は辰彦にいわずにはいられません。ねえ、どう思う？二人はもう身体の関係までいってるのかしら。

そんなこと知らないよ、と辰彦はにべもなくいうのでした。私は庄田さんに話しました。庄田さんはこともなげに、きまってるよ、デキてるさ、といいます。でもご主人がいるのよ。ご主人は知ってるのかしら？　それとも何も知らないのかしら？　知ってるのかもしれないけど、彼女はどえらい金持ちなんだろ。それに今まで彼女の神経症に散々、手を焼いてきたんだろ。とにかく何でもいい、静かであればいいという気持だろ。じゃあ、離れで寝てる森さんのところへ忍んでいく女房を、知ってて知らん顔してるっての？　彼にもその代りの楽しいことがあるのかもしれないよ……。

そんな時辰彦は私たちの話には加わらず、私たちとは別世界の深い思索に沈んでいるような眼を宙に漂わせています。私と庄田さんは顔を見合せ、庄田さんは、

「彼はこういう下賤な話には興味がないんだよなあ」

卑下するようにいうのでした。

櫟《くぬぎ》の大木が屋根の上に褐色の枝をかぶせ、その落葉が雨樋《あまどい》に溜っている家でした。通りすがりに辰彦から、あれが森さんの家だといわれて、一度だけ見たことがあります。マシュマロの奥さんのことは話に聞くばかりでしたが、二度目の奥さんは汚れてくたびれたエプロンをつけてゴミ袋を持って出てくるところを見たのです。

「あれでも昔は、少しは洒落《しゃれ》た家だったんだぜ」

その時、辰彦はいいました。

「窓の下に春はチューリップが咲いていて、秋にはコスモスが風に揺れていたな。マシュマロの小母さんは花が好きだったんだ」

「絵本の中の絵のような家だったのね」

と私はいいました。

「びっくりさせてやろうと思って、そーっと窓の下へ行ってね。コンコンと叩いて、さっと隠れるんだ。すると、『おや？　何かな？　鼠かな？　雀かな？』って、小母さんが顔を出すんだよ……」

森さんに最高の幸福があった時です。辰彦が「インチキボーイ」と呼ばれて、森さんの腕の下で暴れながら足の治療を受けていた時です。治療は痛いけれど、辰彦にとっては地面に着かないその踵が、彼にとってまだ何の問題でもなかった時です。

三人のその無垢な幸福を思うと私は辛くなります。幸福というものは美しいものでなくてはならないと思うから。でもその美しい幸福は二度と戻ってこないのです。

森さんは五十七歳になりました。

「いいじゃないか、森さんは幸福になったんだ」

と庄田さんはいいました。今まで手にすることが出来なかった美食や享楽。おそらく森さんは今まで知らなかった濃密な情念の毒に陶酔したことでしょうし、今まで欲したことなど一度もなかった物質的欲望の充足も堪能したことでしょう。それらを私に聞かせずにはいられなくなったくらい、新しい「幸福」は溢れているのです。

洗足の家で森さんは夜、食堂の丸いガラスのテーブルで、おとなしい紳士の主《あるじ》とブランデーを汲み交すのだそうです。

「気のいい男でねえ。ぼくが物識りだといって、すっかり一目置いてるんだ。それにぼくはあの一家の救い主だからね」

森さんは満足そうでした。

「人生というものは何というか……お杉さん、実に妙味があるというか……意外性に満ちているというか……面白いものだねえ」

森さんには文学はもう不用でした。

森さんにもそれくらいの幸福があってもいい、と私は思うことにしました。

そんな日々がどれくらいつづいたのか、私にはよくわかりません。ある日、治療に来た森さんはふと、こういいました。

「お杉さんのところにはへんな電話はかかってこないかい？」

どういう電話かと訊きますと、森さんのことを誹謗する電話が、森さんの治療先に頻々とかかっているというのでした。森は治療をしながらお宅のことをあることないことしゃべり散らしているから用心しなさい、というようなものらしいのです。聞けば畑中の田園調布の本家にもかかっているということでした。森さんの仕事は目に見えて減ってきたのです。いったいどうして森さんの治療先がわかるのか、誰がしているのか、皆目見当がつかないんだと森さんはいい、それにしてもなぜ辰彦のところだけかからないのだろう。そこに正体を知る鍵があるのかもしれないと考えるんだが……だがわからないんだ……。

聞いているうちに私はそれは彼女の夫では？　と思いました。その私の気持を感じ取ったように森さんは、初めは亭主かと思ったんだよ、しかし亭主が知る筈のない新規の依頼主の所までかかってるんだ。出張依頼が来ていても、行かないうちにキャンセルがきたりする。畑中の奥方のような人は「森さん、こんな電話がきたわよ」、といってくれるけど、何もいわない人の方が多いからね。

商売仇の仕業かと思ったり、ハイヤーの運転手ではないか、畑中家の女中の誰かではないか、しまいにはうちの奴じゃないかと思ったりしたがね。この間はうちにもかかってきたんだ。男の声で「ちょっと伺いますが、お宅ではセイキのマッサージをしておられるんですか」というから、セイキを「正規」ととってうちの奴はそうですといったんだ。するとそいつは大笑いして「そうですか、性器のマッサージをしておられるんですか！」って笑いつづけたというんだ……。

それが森さんの幸福の上に懸った最初の暗雲でした。

洗足夫人は森さんに仕事を辞めてしまうことを勧めたそうです。わたし一人を治して下さればいいの、といったのだそうです。

そんな日々の後に、嵐がきました。

十二月末の風の強い夜半でした。離れに寝ていた森さんは母家の方から聞えてくる騒々しい物音に眠りを破られました。ガラスが割れる音や何か重い物が倒れるような音に混って罵声が飛び交っている。飛び起きて寝巻きのまま見えない目を無理に見開いて母家へ行くと、夫婦の寝室になっている十畳の座敷に三、四人の男が乱入していて、手当り次第、そこいら中を打ち壊しているのだそうです。森さんを見て彼女が縋《すが》りついて来るのを背に庇《かば》って、

「君たちは何なんだ！」

と叫んだ。けれど男たちは答えず、

「どこだ！　加茂《かも》、出てこい！」

と口々に喚《わめ》いている。その時、表で車のエンジンがかかる音がしてフルスピードの夕

イヤが表庭の砂利の上を走り去る音が聞え、それを聞くと男たちは迅風のように家を出て行った……。

森さんからそんな一部始終を聞いたのは、年が明けて、街から正月気分が抜けた頃でした。

洗足夫人は一文なしになりました。

ご亭主はその家を抵当に闇金融から借金を重ねていたのです。夫人の預金も何種類かの保険のたぐいもいつの間にか解約され、金庫の中も空っぽになっていました。僅かにハンドバッグに入っていた現金と、郵便局の貯金が残されただけでした。ご亭主はどこでどうしているのか、沙汰がないままに、夫人は家を出て沼津で荒物屋をしている遠い親類を頼って行きました。

森さんはその話をして、

「すまないけど、タクシー代、払ってくれるかい」

といって帰って行きました。妻と中学一年になる男の子が待つ家、近所からゴミ屋敷といわれている家へ。森さんは浦島太郎のように帰って行ったのでした。

それが私たちが森さんと会った最後です。

私は畑中の母からこんな話を聞きました。森さんは沼津へ行った彼女のところへ、毎週会いに行く。視力は落ちていく一方なので、奥さんも坊やも一生懸命とめるのですが、それを振り切って行く。東京駅の階段を上り下りするさえ覚束なくなっているのにそれでも行く。仕方なく坊やが東海道線のプラットホームまで手を引いて送って行くのです。帰る日時は電話で打ち合せをして、坊やがまた迎えに行く……。

なんてことだろうねと畑中の母は憤然といいました。

「まったくどうなっちゃったんだろうねえ。森先生は」

「今も行ってるんですか、沼津へ」

私がいうと、母はいいました。

「だろうと思うよ。魔ものに取り憑かれたんだねえ……」

今、思い出したことがあります。

夏の終り頃のことです。その前の日は森さんから帝国ホテルのプルニエで洗足夫人とご主人と森さんの三人で夫人の誕生日を祝った、ということを聞きました。その時、ご主人は夫人にキャッツアイの指輪を贈ったそうです。

森さんは何も贈らなかった。贈らないということはだね、お杉さん、ぼくと彼女は特別の愛情で深く結ばれているということなんだよ。わかるかい。そういう愛を知っている者には「物品」なんて何の価値もない。いやむしろ愛の深さを損なうものなんだ。あの男は彼女の指にその指輪を嵌めてさ、ボーイの見てる前でそこに長いキスをしていたよ。ぼくは思わず笑っちゃったね……。そういって森さんは優越感を味わうように笑いました。

「ほほえましい、と思ってたね、ぼくは。それに、ちょっと気の毒なような気もしてたな」

私は想像します。沼津の荒物屋の二階を。お鍋やまな板や庖丁や箒、ハタキ、スコップ、色々なものが雑然と並んだりぶら下がったりしている店の中を森さんがおぼつかない足どりで通って行く姿を。階段は狭くて急ではないのか。彼女の部屋はどんな部屋だろう？　畳敷きの六畳か四畳半か。押入れから布団を取り出して敷く。布団は二人分あるのかしら？　そこで二人はどんな食事をするのでしょう？　毎週欠かさずやってくる初老の目の悪い男を、荒物屋の人たちはどう思っているのでしょう？

先生。

幸福って何なんでしょう？

幸福によって人間が高尚になるとは限らない。幸福も、不幸と同じように、人をして自分を見失わせるものなのですね？

「心の底から、全身全霊をもって、愛し愛される幸福というものを、しっかり握っていれば、怖いものは何もないのさ」

いつだったか森さんは確信的にそういったことがありました。

第五章

1

辰彦と杉が結婚して四年目に女児が生れた。杉が三十五歳、辰彦三十歳の春である。子供は多恵と名付けられ、新しく手伝いが増やされた。いくらなんでもそれは贅沢すぎるという杉に、辰彦は書くことを人生の目的と定めたからには、そのための贅沢を惜しんではならない、金はそういうことのために使うものだ、といった。

そして夫婦の日々はそれぞれの部屋で、それぞれが原稿用紙に向き合うことに費された。杉はまるで机に向うことが、子守りを雇うという贅沢に対する義務であるかのように机に向っていた。書かなければ、書かなければ、という思いに駆り立てられ、必然性がないままに、思いつきをでっち上げていた。まるで内職に追われる職人のように。

辰彦は三方を本棚が囲んでいる縦長の書斎で、亡父の部屋から運んできたマホガニーのデスクに向って坐り、彫像のように凝然と前方を見たまま思索に沈んでいた。デスクの上の原稿用紙には「ロマネスク」とだけ一行書かれ、何日もそのままだった。

「はじめに、ロマネスクなるものの要素について考えてみよう」

何日かして、漸《ようや》くその二行がつけ加えられる。そうしてそのまま時は過ぎていく。

「私はひとつ仕上げたわよ、四十枚の短篇」

杉は自慢するようにいう。

「おどろいたな。早いなあ——」

というその声は落着いて穏やかだ。まるで小学校の先生が生徒を励まそうと、わざとびっくりしてみせる時のようだった。

「庄田さんはこの前書き出したっていってた中篇、もう書き上げたんだってよ。近々、持って行くからって、さっき、電話でいってたわ」

あなたはいったい何をしてるの、という意味を杉は籠めている。辰彦は鷹揚に笑って、

「みんな早いなあ……」

という。それから小声で、

「けど何をそうあせるのかなあ」

とつけ加えた。それを聞くと杉は、「辰彦は別格の男なのだ」と思ってしまうのだった。まるで内職に精を出す貧乏人のように、明けても暮れても原稿用紙に文字を埋めているだけの自分の小説は、雑駁《ざつばく》なものだと思わずにはいられなくなる。

「はじめに、ロマネスクなるものの要素について考えてみよう。たとえば美しい一人の

少女や、住み心地よい小さな家や、幸福を意味する家具や、そこに敷きつめられた絨緞を。

ところで、そんなものなど何もないのだ」

漸《よう》くそこまで文字が増えているのを見て、杉は、

「あれ、増えたじゃないの」

と頓狂な声を上げ、

「エライ、エライ」

ふざけて辰彦の頭を撫ぜた。

のぶは彼女の居場所である八畳の座敷の縁側寄りに置いた座卓を前に、一日中じっと坐っていた。のぶにはさし当って何もすることがないので、毎日の新聞を丹念に読み、テレビを見、多恵が来れば多恵の相手をするが、自分から進んで多恵の面倒を見たり辰彦一家の日常生活に干渉することはなく、杉と辰彦が夫婦喧嘩をする声が聞えてきても、仲裁に立つということはなかった。だがのぶは心の中では、辰彦には純粋なところはあるが、しかしどうにもわからぬところがある。そのわからなさは何だろう。何がどうわからないのか、まとめていうことが出来ないところが困る、と思っていた。しかし、杉のような「あらくれ」に文句をいうわけではなく、それなりに「飼いならし」ている様子を見ると、それだけでも有難い男だと思わなければならないだろう。そう思う一方で

また、それにしても、いったい、あの人は何を考えているのだろう、という疑問は解けずに胸の底に蟠《わだかま》っているのだった。

のぶの目には辰彦は思索型の人間なんぞではなく、むしろ雑事の好きな、関西でいう「出たがり」のように見える。一日、書斎に籠っているようでいて、実のところは出たり入ったり、紅茶を飲んだり、せかせかと玄関を出て行ってはパチンコの景品を抱えてニコニコしてのぶの部屋にやってくる。

「お母さん、今日は豊漁でした」

といって十箱入りのピースをさし出す。

「それはそれは」

パチンコで取った煙草なんぞ、のぶには嬉しくも何ともないが、相手があまりに嬉しそうなので、自らも嬉しそうな声を出さなければならなくなるのが、あまり愉快でない。のぶはそういう女だ。

「あんたなんかは五時間でも六時間でも机に向ってるけど、辰彦さんは一時間とじっとしておれん人だねえ」

のぶは杉にそういったことがある。

「あの人は背中が痛くなるのよ」

その時、杉はそういって辰彦への理解を見せた。

「なにしろ、腰はいつもガチガチだし、すべて足から来てるんだわ。だから、時々身体を動かさないと、保《も》たないのよ」

身体を動かす必要からパチンコをするのかいな……。のぶは思った。庭の芝苅るとか、犬を散歩させるとかの方が、よっぽど身体をほごせるやろうに。しかし、杉がそう思っているのなら、それでいい。余計なことはいう必要はない——。そう思い決めて、のぶは沈黙するのだった。

「この世はただの暗黒で、そしてそこには、それに相応《ふさわ》しいものたちの比重がつまっている。それらのものは、ただ一様にそこにあって、そしてこの世の中の空間という空間を余すところなく塗りつぶしている。それらの中には、たとえば、物語りのなかに出て来る鳥よりもさらに美しい鳥もいるし、さらに幸福そうな家具もあるし、またいかなる物語りに出て来る少女よりも、もっと美しいと思われる少女もいる。だが、それだけでは何にもならぬ。それがロマネスクであるといわれるためには、またそれと同時に、それらのものが常に一定の方向に従って置かれているということが必要なのだ。それらのものは常にある意志に従って、その美しさを表現するために、その悲しみや喜びを表現するために、そこにある。それは決して、ただそれだけで美しいこともなく、ただそれだけで幸福なこともない……」

辰彦の「ロマネスク」が漸くそこまで書き進んだ時、杉は「ソクラテスの妻」という小説を書き上げていた。それは辰彦と杉の夫婦を、ソクラテスとクサンチッペに擬して、非現実を生きる男と、現実を大事に思うがゆえに悪妻のそしりを受ける妻の憤懣を描いたものである。

杉は辰彦には相談せずに、「文學界」の編集部にその作品を持って行って、あっさり断られた。それから「文藝」へ持ち込み、中央公論出版部へ持ち込み、その都度断られて「新潮」編集部へ持って行った。新潮の編集者はそれでもいくらかの熱意を持ってくれて、杉を渋谷の喫茶店に呼び出して批評をしてくれた。

「この夫と妻のですね、夫婦生活といったものを書き込んでみたらどうですかね」

と彼はいった。

「夫婦生活というのは？　どういうことですか？」

杉が問うと彼は、「だから夜の営みですよ」と答えた。反射的に杉は、

「それを書く必然性がこの小説にあるとは私は思いません」

切口上にいい、相手は鼻白んで、

「そんならまあ、せいぜい頑張って下さい」

といって皮肉に笑った。彼が杉に悪感情を持ったことは確かだった。無名作家は編集者に対してどこまでも謙《へりくだ》っているのが常識というものであった。

「考えてみます……」

神妙にそういうべきであることを杉は知っていた。知らないんじゃない、知っている。知っているけどそんなことは無視するんだ。それが藤田杉だ……そう思いながら杉は二

人分の勘定を払って帰って来た。

――ケチンぼうめ！　自分から呼び出しておいて、コーヒー代を払わせる！　おまけに奴はミートパイなど食べおった……。

そう思い、怒りで胸を詰らせて杉は帰って来た。辰彦にはいわないつもりだったが、もう黙ってはいられなかった。杉の微に入り細を穿《うが》つ怒りの報告を辰彦は笑いながら聞いた。

「そんなもんだよ。だから我々は半世界を作ったんだろ？」

「それはそうだけど」

としか杉はいえない。

「彼は私に払わせるつもりで、ミートパイなんか食べたのよ」

辰彦は面白がって大笑いし、

「全く杉は面白いねえ」

といった。それで杉の激昂の火は消えた。

庄田はせっせと量産していた。軍隊にいた頃、支那戦線での投げやりな日々や復員後の野放図な生きざまなど、達者さが目立つ小説を次々に書いていた。庄田、もっと考えてから書けよ。思いつくままにあったことを書けばいいってもんじゃないんだよ。書く前に考えろ、と辰彦はよくいう。だが庄田には絶えずペンを走らせていることが必要だったのだ。保健所の用務員。薄汚れてよれよれのハンチングをあみだにかぶり、ゴム草履をペタペタと引きずって床をモップでこすったり、ゴミ袋を片づけたり、看護婦に文句をいったりいわれたりして過ぎて行く日々の空しさは、原稿用紙の桝目を埋めて行くという行為によってのみ埋められ、調節がとれるのだ。辰彦のように始終「考えて」なんかいられない。そんなことをしているとバランスが崩れてしまう。

――辰彦は考えてばかりいる。何も行為しない。働かない。いったい彼は食うための金を稼いだことがあるのかい。生きることの辛さに泣いたことがあるのか……。

庄田はいった。当の辰彦に向ってではなく杉に。

「私にいわないで辰彦にいいなさいよ」

杉からそういわれると、しかし辰彦は誰の言葉も本気で聞いてやしないんだもの、と彼はいった。

「奴は壁だよ。コンクリートだよ。石地蔵だよ。どうしたって歯が立たねえ。無力感あるのみだ」

それは今までに散々いい古した言葉だ。いってもいっても空中に霧散してしまう。杉と二人で声を揃えていい募っても辰彦はニヤニヤして、

「オレは石地蔵なんかじゃないよ」

というだけだ。だが庄田にはそれよりほかに辰彦を突き刺す言葉が見つからない。庄田は辰彦へのいまいましさを絶えず感じながら、もどかしさに苛ら立ち、一人になるとあのもっともらしい澄し顔を思いきり殴り飛ばしたいという欲求に駆られるが、当の辰

彦に向うと何も出来なくなるのだった。

2

梅津玄へ藤田杉の手紙

今朝の新聞で、映画監督の芹沢公次《せりざわこうじ》さんが亡くなったという記事を見ました。冬枯の季節が来て、街角に立つ樹々の残り葉が、一枚また一枚と散っていく。誰が死んだ、彼が死んだと人伝に聞いたり、ニュースで知ったりする度に、ああ、死んじゃったか……と思います。寂しいような、羨ましいような、とり残されていくというような。

そんな沈んだ気分でいるところへ、電話がかかってきました。あの桑田克義からです。

「いやァ、ショックです！　芹沢さんが死んじゃいました……」

いつもの高い……いや、いつもよりも高く、大きいような、何だか高揚しているような声でした。

「いやァ、マイリました。この間もね。久しぶりで電話して、近いうちに飲もうやと約束してたんですがね。杉先生、大丈夫ですか？（何が大丈夫なのかと私は思いました。芹沢さんとは二度か三度辰彦を通して会っただけの関係ですから）とにかく、これからお伺いします。お話ししたいことがあってね。うん、これだけは是非、お耳に入れておかなければ、と思うんでね……」

そういって、間もなくタクシーを飛ばしてやって来ました。

彼は今日は、リュウとしていました。もともと上背のある方で肩幅広く、なかなかの押し出しではありましたが、この前、借金に来た時はその押し出しのよい分だけ、却ってうらぶれた感じが目につく、といった趣だったのですが、今日はなかなかの貫録が備っていました。

「いやネ、どうしても杉先生のお耳に入れておかなくちゃと思うことがありましてね……」

いいながら「朝鮮人蔘」と大書してある桐の箱をさし出し、

「ホンモノです。韓国から取り寄せました。杉先生のためにと思ってね。先生にはいつまでも元気でいてもらわんとねえ、いやいやホント。これは日本のためですよ。杉先生のような女丈夫は、もう出ませんからね」

と口から出任せをいってから、実はですね、と真顔になりました。

「芹沢さんがいっていたことがあるんです。そのことを私は自分の胸ひとつに納めていたんですがね。この際、それを杉先生に伝えることが私の使命かもしれん、と思うようになって、決心したんです……」

「何なのよ、桑田さん。もったいぶらずにさっさといいなさいよ」

いいながら私は眉に唾つける思いで、桑田を見ました。

「実はですね、芹沢さんが前にいっていたことがあるんです。ぼくは藤田杉さんに悪いことをしてるんだ、ってね。杉さんを騙したんだ、ってね……」

「騙したって、何を？　おかしな話ね。騙すも騙さないも、どだい、あの人とはそんな深いつき合いはしてないわ。桑田さんが相手なら、そんなこともあっただろうなと思うけど」

私の挑発には乗らずに桑田はいいました。

「芹沢さんがいうには、辰彦先生に頼まれて、杉先生を騙して金を出させたというんです。芹沢さんがピンク映画を撮ってる男として、世間から軽く見られてた頃のことですよ。辰彦先生に頼まれてね。自分もいつまでもピンク映画なんか撮ってる気はない。このへんで心機一転して、年来の本願であるところの仕事と取り組みたい。そのための資金を貸してもらえないかとね。三百万ですよ。そういって杉先生から三百万円せしめたというんです。辰彦先生に頼まれてね。辰彦先生はね、そういえば杉という女は必ず金を出す。意義があるかないかを大事に考える、杉って女はそういう人間なんだ、ってね。オレはもう信用がないから、オレが行ったんじゃ喧嘩を吹っかけられるだけだ。君のことを杉は好意的に見てるから、君が訥々《とつとつ》としゃべれば必ず心を動かされる。行ってくれ、と頼んだというんです。私？　私は知りませんよ。何も知らない。芹沢さんが私に告白したんです。申しわけなかったってね。しみじみとね。藤田杉さんに悪いことをした、

って ね……」

ぼんやりと浮かんできた情景があります。その頃の私の家の応接間。季節はいつだったか、妙に小暗い午後でした。古長椅子に浅く腰をかけて俯いていた芹沢さんの姿があります。もう一つのソファに辰彦がいたような気もするし、いなかったような気もします。思い出すのはそれだけです。そういえば小切手を書いて渡したような気がします。どんなふうに芹沢さんが受け取り、どんな感じで帰って行ったかは思い出せません。お金が返ってきたかどうかも、覚えていません。

その頃の私はお金を塵芥《チリアクタ》のようにあつかっていました。紙屑のようなものと思わなければ「やってけない」という心境でした。金への執着を捨てるというよりも殆ど金を軽蔑し憎んでさえいました。そうなることで私は元気を失わずに生きつづけることが出来たのでした。

桑田からそんな話を聞いても、私にはたいして感想はありません。芹沢さんが苛責を感じていたと聞いても、怨みの思いは湧きません。辰彦に頼み込まれて芹沢さんは困っただろうなあ、と思いますが、ふと、こんなことも頭を過ります。三百万の金はそっくり辰彦の手に渡ったのだろうか？　そのうち百万くらいは芹沢さんの懐に入ったのではないかしら、と。何しろ辰彦、桑田、芹沢は「見附の三羽烏」だったのですから。しかし、そんなことはもう、どうだっていいのです。

桑田はいいました。

「どうか芹沢さんを悪く思わんで下さい。藤田さんに悪いことをしたとね、心から悔いていたんですから」

悪く思う？　今更？　と私は笑いました。

「私はもう不死身になったのよ。身体中騙されダコでカチカチになってるわ」

それからつけ加えました。

「おかげさまで」

そういってまた笑う。その笑い声は我ながらけたたましいのでした。忘れていた鈍い怒りが滲んでいました。

「いや、まったく、ほんとうに」

と桑田は慌てて私の顔色を見い見い、

「藤田杉先生は胆《きも》ったま母さん……いやそんなケチないい方はいけないいな、男まさり？これも違うな。豪傑……そうだ女豪傑でどうですか？」

彼らしい機嫌のとり方をします。

「桑田さん、あなたは私の唯一の理解者ね。いつも気が立ってる私を慰めてくれる人。あなたは砂漠のオアシス……」

口から出任せをいうと桑田は忽ち顔をほころばせて、

「いやいや、そういってもらえると嬉しいなあ。砂漠のオアシス！　嬉しいねえ。惚れたといわれるより嬉しいねえ……」

そうして真面目な顔でいいました。

「不肖桑田克義、命を賭けても藤田杉先生をお守りします。委せて下さい。畑中先生の代りに、杉先生を守ります」

「畑中の代り？　沢山よ」

私はいい、愉快に笑いながら意地悪を楽しんだのでした。

桑田が来ると気晴らしになります。いいたいことを遠慮もなくいえる人間なんて、この世にそうは沢山いませんものね？

先生は多分、桑田のような男はお好きじゃないでしょう。でも私は、案外、好きなのです。

先生の苦笑が目に見えるようですが。

それにつけても、芹沢さんは杉さんに悪いことをしたと述懐していたということですが、辰彦は一度でもそんなことを口にしたことがあったのだろうか？　とふと思います。

3

杉が意地になってあちこちの文芸誌編集部を持ち廻り、その都度、拒絶されていた「ソクラテスの妻」が芥川賞候補に上った。どの文芸誌も相手にしなかった作品が賞の候補に上ったのは、仕方なしに「半世界」に掲載したそれが、文芸評論家の小松伸六《こまつしんろく》の目に止ったからだった。小松伸六は「文學界」で同人雑誌批評欄を受け持っている。その中から「今月の推薦作」として彼に選ばれたものが、「文學界」に掲載されるという仕組みになっているため、「ソクラテスの妻」は衆目に触れ、そうした成り行きから、芥川賞候補作に選ばれたのである。

小松伸六の選評はこういうものである。

「推薦作、藤田杉の『ソクラテスの妻』は、質屋で定時制高校の教師で無類の好人物の無名作家を、しっかりものの妻の眼から描いたものである。ソクラテスの妻クサンチッペは、トルストイを追い出した山の神ソニアとともに悪妻で有名だが、クサンチッペは伝説のように果して悪妻であったかどうかはわからない。この小説の細君も悪妻か賢夫人かわからないが、寓意小説としてよんでも、また文学志望者をからかったパロディとしても私には大へん楽しかった」

女にとって何よりも大事なものは「現実」だ。だから女は何をおいても現実生活を守ろうとする。守ろうとすればするほど「悪妻」になる。なぜなら男は現実主義ではないからだ。夫は妻の現実主義を理解せず辟易している。妻は夫の非現実性が理解出来ないまま非難し、歎き、それを正そうとして苦しむ。妻は一所懸命に生活を守ろうとしているだけである。それゆえ妻は孤独だ。

杉が書きたいことはそういうことだった。夫と妻の間に横たわるどうしようもない

「隔絶」を書きたかったのだ。だが結果として「ソクラテスの妻」は、女房の「愚痴話」になってしまった。

芥川賞選考の日が来て、「ソクラテスの妻」は落選した。落選を杉は当然のこととして受け止めた。受賞作の「蟹」を読んで、自分など足元にも及ばないと思い落胆した。

そんな杉を見て、辰彦はいった。

「小説に優劣をつけるのがおかしいんだ。結局のところ、読者との相性の問題なんだからね。選考委員だって同じだよ」

「私は常に客観的でありたいだけよ。賞が欲しくてしょげてるわけじゃない。へんな慰め方しないでよ」

杉はむっとしていい返したのだった。

だが暫《しばら》くすると杉の身辺は騒がしくなった。

「ソクラテスの妻」によって杉は悪妻の代表を自負する女になり、「家事評論家」や「OL評論家」など、評論家ばやりの時代の中で「男性評論家」という肩書きをつけられていつの間にやら男性批判の先鋒者という立場になっていた。

同じ頃、辰彦は「嬰へ短調」という小説で純文学誌「文藝」が設けた第一回文藝賞を受賞した。選者は難解な作風で定評のある埴谷《はにや》雄《ゆ》高《たか》を筆頭に、福田《ふくだ》恆存《つねあり》、寺田透《てらだとおる》、中村《なかむら》真一郎《しんいちろう》、野《の》間宏《まひろし》などで、この五人が選者であるということは、市井の評価は別としてこの賞が新しい文学の担い手を選び育てる目的を持って作られたものであることを示していた。

受賞を報らせる電話はよく晴れた晩秋の昼前にかかってきた。その時、夜の遅い辰彦と杉はまだ眠っていた。電話ですと手伝いに起されて階下へ降りて行った辰彦は、電話を切るなり階段を駆け上って眠っている杉を大声で起した。

「受賞したよ！　取ったんだよ！」

杉は眼を開き、眠けの残る声で、

「ほんとう……」

といった。まだ事態が呑み込めていないようなので辰彦はあせって、

「取ったんだよぅ、文藝賞……」

といいながら、勢をつけてカーテンを引いた。どっと射し込んできた陽の光の中に、辰彦はパジャマのまま頬を紅潮させて立っていた。

「ほんと？　おめでとう」

杉はいって身体を起し、ベッドの廻りを躍るように歩いている辰彦を、（踵が床に届かない左足のために、躍るというよりは跳ねるといった格好の辰彦を）珍らしいものでも見るように見ていた。それから、

「おめでとう。よかったわねえ……」

といった。

これほどまでに辰彦が嬉しさを表現するのが杉には意外だった。

——普通の人間の部分もあったんだ……。

そう思った。こんなに受賞を喜ぶ男だったことが意外だった。しかし考えてみると、いつになったらまわりの景色が変るのか、永遠に変らないのではないかと思えるような畑中の一本道を、行き先もわからぬままにとぼとぼと歩みを進めているような、そんな年月を辰彦は歩いてきたのだった。そして漸く里程標《りていひょう》が見え、森が現れ、集落の気配が感じられるところまで来たのだ。やっと、来たのだ。辰彦にも口には出さぬままに耐えていたもの——無理解への負けん気があったのだ。

杉ははじめてそれに気がついた。

庄田宗太はとり残されてしまった。

畑中辰彦と藤田杉と庄田宗太。「ロマンの残党」以来、一度も離れたことのない唯一無二の仲間、一蓮托生ともいうべき最後の仲間だった。庄田は辰彦の受賞を知ってすぐに駆けつけて来た。だが辰彦は留守で、杉には雑誌のグラビア撮影の一行が来ていた。庄田は茶の間で、二歳になった多恵のお絵描きの相手をした。

「おじさんはね。多恵ちゃんが生れた時、一番に病院へ行ったんだよ。ママが病室を移ることになって、おじさんが多恵ちゃんを抱いてエレベーターに乗ったのさ。看護婦さんのほかは、おじさんなんだよ、多恵ちゃんをだっこしたのは。パパは足が悪いからね。危いからおじさんが抱いたのさ」

多恵は、「ふぅーん」といっただけだ。

「パパはおじさんより遅れて来たんだ。どっかでマージャンやっててさ」

多恵は答えず、力を籠めて画用紙いっぱいにクレヨンを塗りたくっている。

「多恵ちゃん……寂しかないかい？」

多恵は庄田を無視していた。

辰彦の難解な小説が認められる日がくることなど、庄田は夢にも思っていなかった。杉には大衆性があるからいつかは脚光を浴びる時がくるだろう。だが辰彦がいる限り、庄田は心丈夫だった。たとえオレが認められることがあっても、奴だけは絶対ないだろうからな、といつも思っていた。そういう意味で辰彦は庄田を支える「大黒柱」だったのだ。

辰彦がかつてなく早起きになって張り切っている、と杉から聞くと、庄田は面白くなかった。おふくろが電話をかけてきて、なんていったと思う？「お前、合格したんだってね」っていったんだ。「合格」だってさ、辰彦がそういった時も、一緒に笑えなかった。

「オレは昔、劣等生で年中、落第、留年、スレスレでおふくろを心配させていただろう？　だからいったんだ『合格したんだってね』って」

「やっと失地回復したってことだな」

というのが精一杯だった。忌々しさ、何ともいえない口惜しさ、そこいらの物を手当り次第ブン投げたい。そうでなければ大声を上げてオイオイ泣きたい。気がつくと立ち上っていっていた。

「オレ、帰るよ」

いつの間にか内玄関に来ていた。

「帰るの？　ご飯の支度してるのに」

いいながら杉が台所から出て来る。庄田は大急ぎで靴を履き、逃げるように内玄関を出た。顔が硬直しているのを感じた。冷たい夕風に当って和らげようとしたが駄目だった。力いっぱい唇を嚙みしめたが、血は出なかった。

それでも彼は三日と我慢出来ずに、辰彦と杉のいる家に向ってしまうのだった。

「やあ」

といつものようにいって居間へ入って行く。辰彦と杉と多恵が昼食のテーブルに就いている。辰彦は、

「おう」

といい、杉は、

「いらっしゃい」

という。いつも不愛想な多恵は黙っている。庄田の方を見もしないが、目玉焼の黄身を皿の脇に押しやって、白身を先に食べている。

「これは朝飯か？　昼飯か？」

庄田はいった。この前、理由もなく唐突に帰ってしまったことを、杉は何と思っているのか。庄田はそれとなく杉の顔色を窺うが、杉は何ごともなかったようにバターを塗ったパンを手にして「食べる？」と訊く。庄田をいたわってのことではなく、杉にとってはいきなりむくれて帰った庄田のことなど、多恵が落したスプーンほどのことでもなかったのだ。オレのことなんか誰も気にしてやしないんだ。

彼は自分の席と決っているテーブルの端に腰をおろし、大皿の上のソーセージを抓《つま》んで口に入れた。

「お行儀が悪いわ」

と多恵がいった。

「いいじゃないか。オレはこういう人間なんだ。仕方ないだろ」

大人げないと思いながら、そういってしまっていた。

その夜、辰彦はフランスでジイドが中心になって作った「ヌーヴェル・ルヴュ・フランセーズ」という雑誌について話をした。それは自分たちの芸術観を通して認め得るものだけを掲載するという革新的な文芸誌で、芸術家としての理想の追求である。かつてぼくらが目指したというより、夢見た雑誌だ。辰彦は自信に満ちて断定的にいった。

「今、文学は商売になりかけている。小説は売れる売れないで価値が決る。それが日本の現状だ。だがそれに文句をいってもしようがない。そっちはそっち、オレたちはオレたちだ。ぼくはやろうと思う。日本のエヌ・アール・エフ、を立ち上げる。商業主義に毒された日本の文学界に不満を持っているもの書きは決して少くないと思う。既成の評論家や作家の中にもそういう人たちは必ずいると思う。その人たちに呼びかけて、見失いかけている日本の文学魂を蘇らせよう……」

半ば気圧されながら、とりあえず庄田はいった。

「君は『半世界』を作る時もそんなことをいってたぞ」

「『半世界』とは違う。『半世界』は何のかのいっても同人誌だ。身銭を切って、認めてもらえる日を待つのが同人誌の宿命だ。本屋の店頭に並んでいるのを、金を出して買う雑誌——そうでなければ意味がないことがわかったんだ。無料《タダ》ではなく、金を出す！ 買って読む！ それが大事なんだ。義理で読むんじゃなくてね、読みたいと思って読まれるものでなくては意味がないんだ。だから、今度は本屋の店頭に並ぶ雑誌を作る。原稿料も出す……」

「わかったよ。だがいったい、そんな金があるのかい」

それには答えず、辰彦は紅潮した顔を庄田に向け、杉に向けた。

「チャンスは前髪を摑めっていう——」

「文藝賞を取ったことがチャンスなのかね？」

「逡巡《しゆんじゆん》してる場合じゃないんだよ、庄田。いいかい、成功するかしないか、出来るか出来ないか、損はしないか、大丈夫か……そんな、そこいらの商売人がいうようなことをいってちゃ駄目だ。なぜ理想を持たないんだ。理想を持ったからにはそれに向って進むべきだ。それが男というものじゃないのか、え？」

庄田は「うーん」と唸って杉に顔を向けた。

「もう浮き足立ってるのよ」

「困ったもんだなあ……」

そういいながら杉にも庄田にも、この非現実的な人間の、あまりに希有な非現実性に却ってある種の期待が芽生えてしまうのだった。

4

梅津玄へ藤田杉の手紙

誰が忘れて行ったのか、玄関の靴脱ぎの傍に「七〇年安保闘争史略年表」という小冊子がありました。何げなく手に取ってパラパラめくりながら、原潜寄港抗議デモやら学費値上げ反対闘争、佐藤首相の訪米阻止、三里塚空港闘争、東大全共闘の安田講堂占拠——と月の半分以上はどこかで学生デモが行われている様子を辿り、ああ、この時代、若者は熱血を滾《たぎ》らせていた、これこそあるべき青春の姿だったと胸が熱くなっていました。それにひきかえ、今の若者は……と思い、豊かさと平和は人間を衰弱させるのかもしれない、などと考えていました。

そのうち、じわじわと思い出されてきたことがあります。あれはいつのことだったか。春だったか、秋だったか、何年頃のことだったかは思い出せません。私は居間でくつろいでいました。いつも仕事に追われていて、居間でくつろぐことなどなかった頃のことだということは、いつも無口な多恵が嬉々としてテーブルの上で粘土をこねながら、うるさいほどおしゃべりをしていた情景が浮んでくる、それでわかります。

その時、電話が鳴ったのです。庄田さんからでした。頼みたいことが出来たんだ、と彼は短兵急にいいました。彼は淀橋警察に収容されているのでした。いったい何をしたの、と訊く間もなく庄田さんは、身元引受人として藤田杉の名前を書いてもいいか、といいました。

「私の？」

と私は聞き返しました。なんで私なんだろう。奥さんじゃまずいの、といいかけて、まずいから私に頼んできているのだとすぐに気がつき、「いいわよ」というと「すまん」といって電話は切れました。

それから何日後のことだったか、庄田さんはいつものようにふらっとやって来ました。その頃、辰彦は家で夕食をとることが滅多になくなっていましたので、私と多恵が夕食を始めようとしている時でした。いつものハンチングではなく、新しい緑色のハンチングをかぶっているのが全く似合っていませんでした。その日、彼は釈放されたのでした。

「半世界」の仲間の梶《かじ》さんが迎えに行ったということでした。梶さんと新宿で牛どんを食べてきたから飯はいい、と彼はいいました。奥さんは、といいかけると、あいつは何も知らねえんだ、とだけ短くいいました。

彼は多恵にパチンコで取ったという苺飴をお土産だといって渡しています。それを見て、あーあ、なんて暢気な人なんだろう、と改めて溜息が出たことが、今、思い出されてきました。彼が死んでしまった今は、なんて暢気な、と思うよりも、ああ、なんという優しい人だったか……と胸が熱くなってきます。彼はいつも一人ぽっちの多恵に心をかけてくれていたのです。でもその時私は、奥さんのことをなぜ考えないんだろう、この男は……とほとほと呆れた気持なのでした。

その日に彼から聞いた話はこうです。

彼は誰に誘われたのか、どういうきっかけなのかはいいませんでしたが、乱交パーティに出かけて行ったのです。それは大がかり（？）なもので、ずいぶん沢山の男女がいたらしいのですが、その中に刑事が紛れ込んでいて、宴《うたげ》（というのか、何というのか）が「クライマックスにさしかかった時」（と庄田さんはいいました）突然、パッパッと電気がついて騒然となった中で庄田さんは捕縛されたのでした。一列に並ばされて、（ズボンのベルトは取り上げられているので）縛られている片手でずり下るズボンを押えて、ゾロゾロと歩いたのだと彼は無造作にいいました。

留置場に入るとそこにはデモの学生が先客としていました。入っていった庄田さんを見てその一人が尋ねました。

「オヤジ、なにしたんだ？」と。

「乱交パーティだ」と答えると、「乱交パーティ？　そりゃ何だ」と無邪気に訊いたそうです。

その質問に庄田さんは胸を抉《えぐ》られ、何ともいえない惨めな情けない気持になり、「そのうち、わかるさ」としかいえなかったといいます。

学生は深追いはせず、社会の矛盾と政治の理不尽を弾劾しはじめました。この国は誇りを失い腐敗に向って落ちて行っている。そのことをいったいどれだけの人間が認識しているか。このままでいいと思っているのは、真剣に考えないからだ、真剣に生きようとしていないからだ、どうだ、おっさんはそう思わないかと詰め寄られ、追い詰められた庄田さんは窮鼠《きゅうそ》になった気持で、

「オレは戦地で何人も人を殺して来たんだ！」

と喚いたのだそうです。

「それも一人や二人じゃない。数え切れないくらいだ。お国のために殺《や》ったんだ。国が敗けたらどんなことになるか、生きるか死ぬかだ。だから殺したんだ」

聞くなり学生は打たれたように黙りこみ、それから、

「そうか……」

呻《うな》るようにいって何もいわなくなってしまった。

するとその時、どこからともなく歌声が、
「聞け万国の労働者
とどろきわたるメーデーの……」
と聞えてきたのだそうです。
「奥村《おくむら》だ！　歌ってるのは奥村だろ！　オーイ、奥村ァ」
と学生は狂ったように拳を振って立ち上り、怒鳴るように歌い出した。
「示威者に起る足どりと
未来をつぐる鬨の声……」
他の房からも順次歌声が湧き起り、それは房から房へと次々に広がって行って、警察官が慌てて制止する声を呑み込み、やがて留置場全体が歌声の熱狂の坩堝《るつぼ》となった。
「汝の部署を放棄せよ
汝の価値に目醒むべし
全一日の休業は
社会の虚偽をうつものぞ」
オレは泣いてしまったよ、と庄田さんはいいました。涙が出て出て止らねえんだ。怺《こら》え切れずに嗚咽《おえつ》した。学生の奴ら、熱狂して歌ってやがるんだ。オレは羨ましさでいっぱいになった。奴らは今、幸福の頂点にいる。だがそれを知らない……。そう思うと余計に泣けてきた。奴らがまだ何も知らないことが、今がどんなに幸福か、それを知らないことが……。

庄田さんは同じ言葉をくり返し、感傷を打ち払うように歌いました。

「起て労働者奮い起て
奪い去られし生産を
正義の手もて取り返せ
彼らの力なにものぞ」

静かさが戻った留置場で、庄田さんのすすり泣きは止らない。するとさっきの学生が寄って来て、いったそうです。

「おじさん、泣くなよ。元気出せよ」

学生はいったそうです。

「おじさんが悪いんじゃないよ。社会が悪いんだ。政治が悪いんだ」

奴はオレを慰めようとしてくれたんだよ……。

庄田さんはそういい、そうして、うっすら涙ぐんでいました。

だからといってそこから急に彼が変ったわけではありません。暫く経つと彼は以前の、あっけらかんとした口調で、あの時の相手ってのは女じゃなかったんだ、などというようになりました。それは毛むくじゃらのアメリカの大男だった。オレの好みじゃないけど、選ばれちまったもののしようがねえよな。断るのも角が立つしさ。金色のブラシのお化けだよ。動物園みたいな臭いがするのさ。毎日三食、安肉食ってるとああなるのかなあ。それで女みたいな声を出すんだよ。やってらんねえよ、という気持がね、そのうち変ってくるんだ。倒錯に嵌《はま》るんだな。

その最中にパッと電気がついた時の気持ってものは、あたふたなんてもんじゃない、フヌケだね。ポカーンとしてさ、ここはどこ？　って感じだったよ。ほかの奴？　どうしてたかな、わからないよ。――そうか、こうなったか……って気持かな？　見た目は夢遊病者のようだったろうよ……。

そして彼はしゃべり疲れた鸚鵡《おうむ》のように口を噤《つぐ》み、暫く黙っていた後で突然、

「あーあ、面白かねえなあ……なんかないかなあ、面白いこと……」

そしてこういいました。

「また行こうかな、綱島《つなしま》へ」

綱島というのはどこなのか、何なのか、問う気はありませんでした。その一言に私はいやアな気持になったのです。心から私は庄田さんを軽蔑したのです。乱交パーティに出たからじゃありません。

――また行こうかな。

の一言が気に障ったのです。

「甘ったれ！」

と面罵してやりたかったのです。

でもいいませんでした。黙殺しました。

あまりに情けなくて、腹が立って鼻の奥がキナくさくなってむずむずするほどでした。「庄田さんの気持をわかってあげないと」、などと後に雪枝はいいましたが、私はその雪枝に腹を立てました。

気持をわかってあげる？　クソッタレ！

という思いでした。わかってあげるとは何だ！　わかってあげることが出来たとしても、わかったところで、それでどうなる！

私がむくれているのを見て、雪枝はいい募りました。

「庄田さんはあんたたちからとり残されたという形になってしまって、寂しいんよ。孤独なんよ。孤独に押し潰されそうになってるんやわ。それをわかってあげてよ。杉ちゃんはマスコミの波に乗ったし、辰彦さんは文藝賞を取ったしねえ。長いつき合いやないの。わかってあげてほしい。ねえ、理解してあげてよ」

それも私の疳《かん》に障ったのでした。

雪枝は私を「冷たい人間」だと思っているのです。そういわれると確かにそうかもしれないという気になります。もっと庄田さんをいたわってあげればよかったと、苦い胃液のようにこみ上げてくる想いがあります。

でも、思うのです。

いたわる？　いたわって、それが何になる？　と。

「他人のいたわりなんて屁の突っぱりにもならんわ」

と私は雪枝に向ってわざと下品にいい捨てました。

「真に絶望したことのない人は、そういうきれいごとをいって澄ましていられる。いたわりの効能なんか、あるわけがないのよ。絶望からは自分一人で立ち上るよりしようがないのよ！」

杉ちゃんは強い人やからそんなことがいえるんやわと雪枝は悲しそうにいいました。その中にどこか、匙を投げた、という余韻がありました。

雪枝のいったこと、それはそうかもしれない、と今、私は思っています。私の人生が悲劇に満ちたものであるとしたら、それは誰のせいでもない私の強さが招いたものであると。

5

畑中辰彦が文藝賞を受賞して少し経ったある夜、彼は丁度来合せた庄田と杉を書斎に呼んで、妙に改まってこんな話を始めた。

小谷保正《こたにやすまさ》という男がいるんだが、その男から事業の協力者になることを頼まれた。小谷はもと出版社にいて「論争」という雑誌の編集長をしていたが、このほどそこを退社して新しい事業を立ち上げた。簡単にいうと、経済界での成功者の話をテープに吹き込んで、経営者に販売するという会社だ。日本経済は高度成長の波に乗って、これから大成長しようとしている時であるから、経済界全体が旧態を脱してグローバルな、新しい時代にふさわしい質の向上を目指さなければならなくなっていることは確かだ。旧来の社長は時代の動きを見て自分の会社の儲けを考えることだけでよかったが、これからの企業の長は万般の知識教養、自己啓発というものが必要になってくる。

例えば碁の坂田十段の話を聞いても、そんなものは会社経営には必要ないと思う経営者が普通だった。しかし道を極めた人物の話というものは、企業といえども決して無駄ではないのだ。必ず何らかの参考、ヒントがあるのだ。そしてそういう人物の経験談や考え方、あるいは経営学のあれこれをテープに吹き込んで聞かせる、そういうことを小谷は考えたんだ。

本を読む代りに耳で聞けば、その方が早いし、らくだ。例えば会社の往復の車の中でテープを聞いて吸収すれば効率的だ。社長だけではなく、社員の教育も同じだ。だらだらした研修会なんか、金と時間がかかるだけだから、そんなものは必要でなくなるのだ。

辰彦はいった。

「それでだね、つまり小谷はぼくに、その協力を頼んできたってわけさ」

庄田は呆気にとられて言葉が出ない。杉は反射的に高い声を上げた。

「協力？　協力って何よ？」

その高い声には既に反対の気が走っている。辰彦はす早く反応した。

「まあ、聞けよ」

おもむろに笑い顔を向けた。

「ぼくにその会社に入れというんじゃないよ。協力はあくまで協力だ。金を出してくれというんじゃないよ。ぼくは一文も出さない」

「だから、協力って何なのよ。あなたに協力を頼むのはお金のほか、何があるんですか」

どんなごま化しも見逃さないぞといわんばかりに、目尻に力が籠る。

「まあ、まあ、まあ」

辰彦は尚も笑って杉を鎮めるように両手を上げ、

「落ち着いて聞いてくれよ。小谷はね、ぼくが畑中清造の伜《せがれ》だということを知ってね。それで白羽の矢を立てたのさ。清造は死んだが清造の息のかかった男、今の実業界を牽引する大立物が何人かいる。普通なら会ってもらえないような連中だが、畑中清造の息子と知れば、話くらいは聞いてくれるんじゃないか。これはまず会員制で始めるから、とりあえず主旨に賛成してもらって、それから会員になってもらえれば基礎が固まる。そういう意味での協力なんだ」

杉はこの答のどこかに見逃したものはないか、反芻するように黙っている。

「出資しないで、協力者？　本社員じゃないのか」

庄田が口を開いた。

「それで報酬は？　ナンボ貰えるんだ？」

「だから、話はまだそこまで行ってないよ。向うは協力を頼みに来ただけなんだ。いうならば瀬踏みに来たんだ。それに向ってナンボくれるなんて、いえるわけないだろ」

「そんなことねえだろ。君のことだ、下手するとタダ働きってことになりかねないからな」

辰彦と庄田のやり取りの間、黙って考えていた杉は、きっぱりと反対を表明するようにいった。

「二兎を追う者一兎も得ず、っていうわ」

「二兎を追う？」

辰彦は穏やかに笑って、

「この兎は、ぼくは追わないよ。たいして労力は使わない。片手間の協力さ。ぼくの本業はあくまで書くことだ」

杉と庄田は顔を見合せた。

「ダメだ、こりゃあ」

庄田は杉にいった。

「彼はもうすっかりやる気だよ」

「反対すると余計に固執するのよ、この人は」

杉はにくにくしげに口を歪める。

「石地蔵だからな。いや、岩に彫り込んだ地蔵だ。石地蔵なんてもんじゃない」

庄田がいうと辰彦は口もとの笑いを消して、

「わかんないのかなあ……二人とも」

二人の無理解を悲しむように、首を振った。


金は一文も出さない、経営には加わらないということが確実なのであれば、という条件で畑中本家では容認という結論を出した。いい出したが最後、何としても聞かない子だからねえ、と志乃はいった。だがその志乃の心中は口ほど困っているわけではなかった。文藝賞を受賞したといっても、この先はどうなることか、のらくらしているようにしか見えないもの書きの暮しよりは、会社と名のつく所に身を置いてくれれば少しは安心していられるという気持があった。

――やっぱり辰彦もお父さんの子かねえ。お父さんがよくいっていた。企業の目的は金儲けじゃない、国や社会の役に立つことでなければ、って……。

辰彦がこの仕事の意義を滔々《とうとう》と述べるのを聞いていると、志乃はそう思ってしまうのだった。志乃は毎日のように杉に電話をかけて、辰彦はどうしている、ちゃんと会社へ行っているのか、小説の方も書いているのかと訊ね、朝七時には起きて八時に家を出て会社へ向っています、とても忙しがっています、と聞いてすっかり安心した。これでもう、何の心配もなくなったよ、と伸介や富子にいった。もの書きなんかになるより、やっぱり堅気の暮しの方が全うな生き方なんだからね。志乃には辰彦がただの協力者ではなく、やがては会社の重要な地位に就いてくれたら、という思いがある。

「何といってもお父さんの子だから」

というのが口癖になっていた。

ある朝、辰彦はネクタイを結びながらいった。

「今日はひとつ、石渡《いしわたり》さんのところへ行ってみようかな」

石渡平蔵《へいぞう》といえば日本を代表する家電メーカーの創業者として名を馳せている実業界の大立物である。

「会えるの？　むつかしいんじゃない、石渡さんなんて」

「わからないよ、だが親父の盟友だからね。もしかしたらということはある」

その夜、帰って来た辰彦に石渡さんの首尾はどうだったかと杉が訊くと、

「行ってきたよ」

と辰彦は淡々と答えた。

「会えたの？」

「会えたさ」

「で、どうだったの？」

「会社の主旨を話すと、思った通り何のかのいって危ぶむからね、だからぼくはいった

よ。失敗を怖れていては何ごとも進まないと思う。戦争に敗けた日本の経済がここまで盛り返したのは、失敗を怖れない精神の力じゃないのですかってね。それから議論になってさ」

「へえ、石渡さんにとってはあなたなんか青臭い駆け出しでしょうが。本気で議論を？」

「したさ。ぼくは論破したよ」

「ホントなの？　自分でそう思っただけじゃないの？」

「最後に彼はいったよ。それならとにかく、やってみ給えって」

「匙を投げたんじゃなくて？」

「負かされたのさ、ぼくに」

辰彦はいった。

「しかし、彼の反対はぼくにはわかるんだよ。要するに功成り名遂げて、石渡平蔵は守りに入ったんだよ。所詮はそういうことなのさ」

昂然という辰彦は、石渡平蔵が反対したことで、いっそう覚悟と自信を固めたように、杉には見えたのだった。

だがそれは嘘だった。すべては大嘘だった。

石渡平蔵に会った話も、小谷が辰彦を見込んで協力を乞うて来たという話も、嘘だった。小谷の目論見を知った辰彦が、自分の方から売り込みに行ったというのが真実である。だが杉も庄田も「半世界」の仲間も志乃ものぶも、皆その嘘を信じたのである。

（下巻につづく）

文春文庫

晩《ばん》鐘《しょう》 上

定価はカバーに
表示してあります

2017年9月10日 第1刷
2024年10月15日 第4刷

著 者 佐《さ》藤《とう》愛《あい》子《こ》
発行者 大沼貴之
発行所 株式会社 文藝春秋

東京都千代田区紀尾井町 3-23 〒102-8008
TEL 03・3265・1211(代)
文藝春秋ホームページ https://www.bunshun.co.jp

落丁、乱丁本は、お手数ですが小社製作部宛お送り下さい。送料小社負担でお取替致します。

印刷・TOPPANクロレ 製本・加藤製本

Printed in Japan
ISBN978-4-16-790919-2

（　）内は解説者。品切の節はご容赦下さい。

佐藤愛子
なんでこうなるの
我が老後
「この家をぶッ壊そう！」。精神の停滞を打ち破らんと古稀を目前に一大決心。はてさて、こたびのヤケクソの吉凶やいかに？　抱腹絶倒、読めば勇気がわく好評シリーズ第二弾。（池上永一）
さ-18-3

佐藤愛子
そして、こうなった
我が老後4
モーレツ愛子さんの、過激で愉快なシリーズ第四弾。「リコンしたおじいちゃんのこと、アイしてた？」と孫に聞かれて慌てたある日、本人が訪ねてきて……。などなど傑作エッセイ満載。
さ-18-6

佐藤愛子
それからどうなる
我が老後5
齢八十を祝われて、長生きがそんなにめでてえか、といいたくなる。私の元気のモトは憤怒なのだ、と「怒りの佐藤」の筆はますます血気盛ん。過激なる老後の身辺雑記、シリーズ第五弾。
さ-18-12

佐藤愛子
まだ生きている
我が老後6
花散るや　この家の婆ァ　まだ死なず——中山あい子の献体に死を思い、中学生の株式学習に驚き、ヨン様に熱中する主婦を嘆く。世の変遷を眺めつつ、心の底の本音を探る円熟エッセイ。
さ-18-15

佐藤愛子
これでおしまい
我が老後7
タイガー・ウッズの浮気、知的人間の面倒臭さ、嘘つきについて。20年間「悟る」ことなき爽快な愛子節が炸裂する！　冴え渡る考察とユーモアで元気になる大人気エッセイ集。
さ-18-24

佐藤愛子
わが孫育て
「あの人、結婚しないで、どうして妊娠したの？」テレビを見て根掘り葉掘り質問する六歳の孫との攻防戦を始め、日常のことからお金のこと、国家の一大事まで、歯に衣着せぬエッセイ集。
さ-18-16

佐藤愛子
老い力
いかに上手く枯れるか！　著者50代から80代の現在まで、折に触れ記した「老い」についての〝超〟現実主義な言葉たち。読めばなぜか心が軽くなる、現代人必読、傑作ユーモアエッセイ集。
さ-18-17

（　）内は解説者。品切の節はご容赦下さい。

佐藤愛子
お徳用 愛子の詰め合わせ
有名無名を問わぬ長い付き合いの人々、天皇家、お金、家族。歯に衣着せぬ率直さと情にもろい人柄が伝わる軽妙で深いエッセイ。佐藤愛子の多彩でパワフルな魅力満載のお得な一冊！
さ-18-22

佐藤愛子
楽天道
容姿を磨くだけでなく、年齢なりの賢さと知恵があってこそ人生は充実する。90年の人生修行でつかんだ、常に上機嫌で生きるための「やけくそ楽天主義」名エッセイ集！
さ-18-25

佐藤愛子
晩鐘（上下）
老作家のもとに、かつての夫の訃報が届く。共に文学を志した青春の日々、莫大な借金を抱えた歳月の悲喜劇。彼は結局、何者だったのか？　九十歳を迎えた佐藤愛子、畢生の傑作長篇。
さ-18-27

佐藤愛子
血脈（全三冊）
物語は大正四年、人気作家・佐藤紅緑が、新進女優を狂おしく愛したことに始まった。大正から昭和へ、ハチロー、愛子へと続く佐藤家の凄絶な生の姿。圧倒的迫力と感動の大河長篇。
さ-18-29

佐藤愛子
孫と私のケッタイな年賀状
初孫・桃子の誕生以来20年、親しい友人に送り続けた2ショット年賀状。孫の思春期もかえりみず、トトロやコギャルはては晒し首まで、過激な扮装写真を一挙公開！　（阿川佐和子）
さ-18-32

佐藤愛子
凪の光景
謹厳実直に生きていた丈太郎、72歳。突然、64歳の妻・信子が意識改革!?　高齢者の離婚、女性の自立、家族の崩壊という今日まで続く問題を鋭い筆致でユーモラスに描く傑作小説。
さ-18-33

（　）内は解説者。品切の節はご容赦下さい。

赤川次郎
幽霊列車
赤川次郎クラシックス

山間の温泉町へ向う列車から八人の乗客が蒸発。中年警部・宇野は推理マニアの女子大生・永井夕子と謎を追う——。オール讀物推理小説新人賞受賞作を含む記念碑的作品集。（山前　譲）

あ-1-39

有吉佐和子
青い壺

無名の陶芸家が生んだ青磁の壺が売られ贈られ盗まれ、十余年後に作者と再会した時——。壺が映し出した人間の有為転変を鮮やかに描き出した有吉文学の名作、復刊！（平松洋子）

あ-3-5

芥川龍之介
羅生門《らしょうもん》 蜘蛛《くも》の糸《いと》 杜子春《とししゅん》 外十八篇

昭和、平成とあまたの作家が登場したが、この天才を越えた者がいただろうか？　近代知性の極に荒廃を見た作家の、光芒を放つ珠玉集。日本人の心の遺産「現代日本文学館」その二。

あ-29-1

浅田次郎 編
見上げれば星は天に満ちて
心に残る物語——日本文学秀作選

鷗外、谷崎、八雲、井上靖、梅崎春生、山本周五郎……。物語はあらゆる日常の苦しみを忘れさせるほど、面白くなければならないという浅田次郎氏が厳選した十三篇。輝く物語をお届けする。

あ-39-5

朝井リョウ
武道館

【正しい選択】なんて、この世にない。「武道館ライブ」という合言葉のもとに活動する少女たちが最終的に〝自分の頭で〟選んだ道とは——。大きな夢に向かう姿を描く。（つんく♂）

あ-68-2

朝井リョウ
ままならないから私とあなた

平凡だが心優しい雪子の友人、薫は天才少女と呼ばれる。成長に従い、二人の価値観は次第に離れていき、決定的な対立が訪れるが……。一章分加筆の表題作ほか一篇収録。（小出祐介）

あ-68-3

阿部和重
オーガ（ニ）ズム（上下）

ある夜、瀕死の男が阿部和重の自宅に転がり込んだ。その男の正体はCIAケースオフィサー。核テロの陰謀を阻止すべく、作家たちは新都・神町へ。破格のロードノベル！（柳楽　馨）

あ-72-2

（　）内は解説者。品切の節はご容赦下さい。

彩瀬まる
くちなし
別れた男の片腕と暮らす女。運命で結ばれた恋人同士に見える花。幻想的な世界がリアルに浮かび上がる繊細で鮮烈な短篇集。直木賞候補作・第五回高校生直木賞受賞作。（千早　茜）
あ-82-1

朝比奈あすか
人間タワー
毎年6年生が挑んできた運動会の花形「人間タワー」。その是非をめぐり、教師・児童・親が繰り広げるノンストップ群像劇。無数の思惑が交錯し、胸を打つ結末が訪れる！（宮崎吾朗）
あ-84-1

五木寛之
蒼ざめた馬を見よ
ソ連の作家が書いた体制批判の小説を巡る恐るべき陰謀。直木賞受賞の表題作を初め、「赤い広場の女」「バルカンの星の下に」「夜の斧」など初期の傑作全五篇を収録した短篇集。（山内亮史）
い-1-33

井上　靖
おろしや国酔夢譚
船が難破し、アリューシャン列島に漂着した光太夫ら。厳寒のシベリアを渡り、ロシア皇帝に謁見、十年の月日の後に帰国できたのは、ただのふたりだけ。映画化された傑作。（江藤　淳）
い-2-31

井上ひさし
四十一番の少年
辛い境遇から這い上がろうと焦る少年が恐ろしい事件を招く表題作ほか、養護施設で暮らす子供の切ない夢と残酷な現実が胸に迫る珠玉の三篇。自伝的名作。（百目鬼恭三郎・長部日出雄）
い-3-30

色川武大
怪しい来客簿
日常生活の狭間にかいま見る妖しの世界——独自の感性と性癖、幻想が醸しだす類いなき宇宙を清冽な文体で描きだした、泉鏡花文学賞受賞の世評高き連作短篇集。（長部日出雄）
い-9-4

色川武大
離婚
納得ずくで離婚したのに、なぜか元女房のアパートに住み着いてしまって。男と女の不思議な愛と倦怠の世界を、味わい深い筆致とほろ苦いユーモアで描く第79回直木賞受賞作。（尾崎秀樹）
い-9-7